浙江文叢

項蓮生集

〔清〕項鴻祚 著　曹明升 點校

浙江出版聯合集團
浙江古籍出版社

圖書在版編目(CIP)數據

項蓮生集 / (清) 項鴻祚著 ; 曹明升點校. —杭州：浙江古籍出版社，2018.6(2020.7 重印)
(浙江文叢)
ISBN 978-7-5540-1231-4

Ⅰ.①項… Ⅱ.①項…②曹… Ⅲ.①中國文學－古典文學－作品綜合集－清代 Ⅳ.①I214.92

中國版本圖書館 CIP 數據核字(2018)第 060627 號

項蓮生集

(清)項鴻祚 著　曹明升 點校

出版發行 浙江古籍出版社
(杭州市體育場路 347 號　郵編:310006)
網　址 www.zjguji.com
zjgjcbs.tmall.com(天貓旗艦店)
責任編輯 路　偉
封面設計 劉　欣
責任校對 余　宏
責任印務 樓浩凱
照　排 浙江時代出版服務有限公司
印　刷 浙江新華數碼印務有限公司
開　本 710mm×1000mm　1/16
印　張 16.25
插　頁 12
字　數 166 千
版　次 2018 年 6 月第 1 版
印　次 2020 年 7 月第 2 次印刷
書　號 ISBN 978-7-5540-1231-4
定　價 120.00 圓(精裝)

ISBN 978-7-5540-1231-4
9 787554 012314

項鴻祚像（光緒振綺堂刻東軒吟社畫像）

項鴻祚像（民國珂羅版東軒吟社圖）

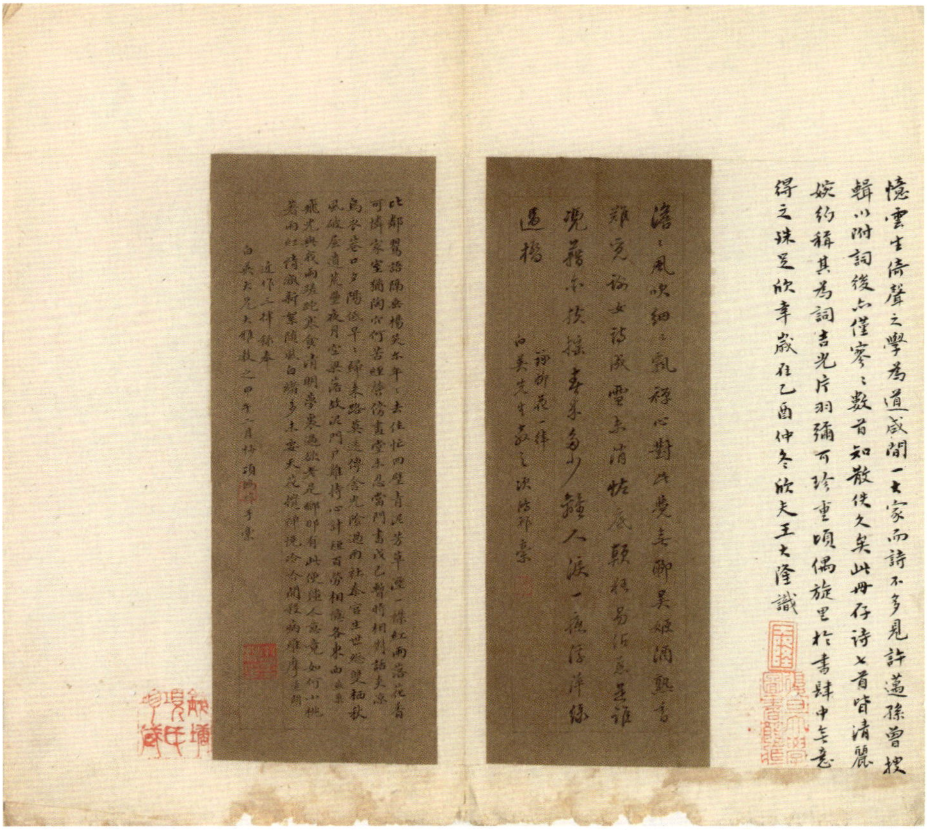

復旦大學圖書館藏二項先生詩項鴻祚手蹟

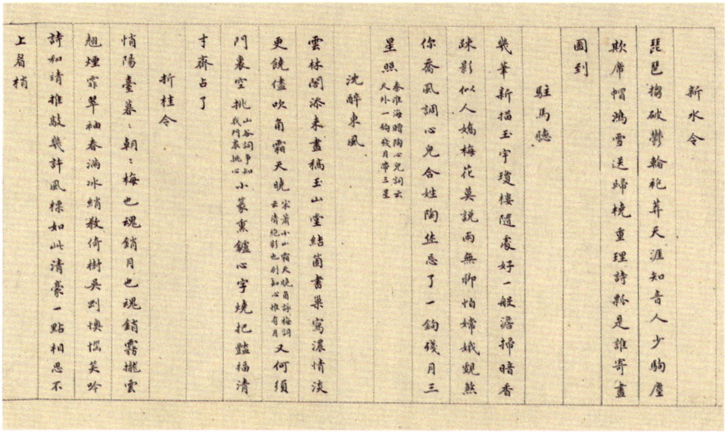
新水令
琵琶拋破鬱輪袍弄天涯知音人少駒塵
欺席帽鴻雪送歸橈重理詩瓢是誰寄畫
圖到
駐馬聽
幾筆新描玉宇瓊樓隨處好一般濃掃暗香
踈影似人嬌梅花莫說雨無聊怕嫦娥覷煞
你喬風調心兒合姓陶住忘了一鈎殘月三
星照（秦淮海贈陶心兒詞云天外一鈎殘月帶三星）
沈醉東風
雲林閣添來畫稿玉山堂結箇書巢寫濃情淡
更饒儘吹角霜天曉（宋賞小山有天曉角詠梅詞云清絶影也別知心惟有月）又何須
門裏空挑（山谷詞爭知我門裏挑心）小篆熏鑪心字燒把豔福清
才齋占了
折桂令
悄陽臺暮暮朝朝梅也魂銷月也魂銷霧攏雲
翅煙霏翠袖春濰冰綃教倚樹吳剛懊惱笑吟
詩和靖推敲幾許風標如此清豪一點相思不
上眉梢

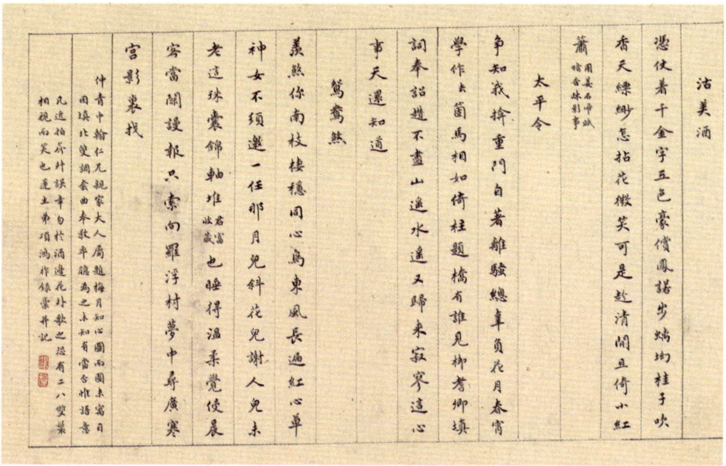
沽美酒
憑仗着千金字五色豪償鳳諾步蟾拗桂子吹
香天縹緲怎拈花微笑可是趁清閒且倚小紅
簫（用姜石帚賦暗香詠影事）
太平令
爭知我捹重門自著離騷總辜負花月春宵
學作了箇馬相如倚柱題橋有誰見柳耆卿填
詞奉詔趁不盡山遙水遙又歸來寂寥這心
事天還知道
鴛鴦煞
羨煞你南枝棲穩同心鳥東風長遍紅心草
神女不須邀一任那月兒斜花兒謝人兒未
老這珠囊錦軸堆（君當收藏）也睡得溫柔覺使晨
窗當闌護報只索向羅浮村夢中尋廣寒
宮影裏找
仲青中翰仁兄親家大人屬題梅月知心圖而圖未寫目
因填北雙調套曲奉教平韻為之未知有當否非語意
凡近拍存外誤章句於酒邊花外歌之恐有二八雙鬟
相視而笑也蓮生弟項鴻祚録稿并記

錢杜繪梅月知心室圖項鴻祚題跋

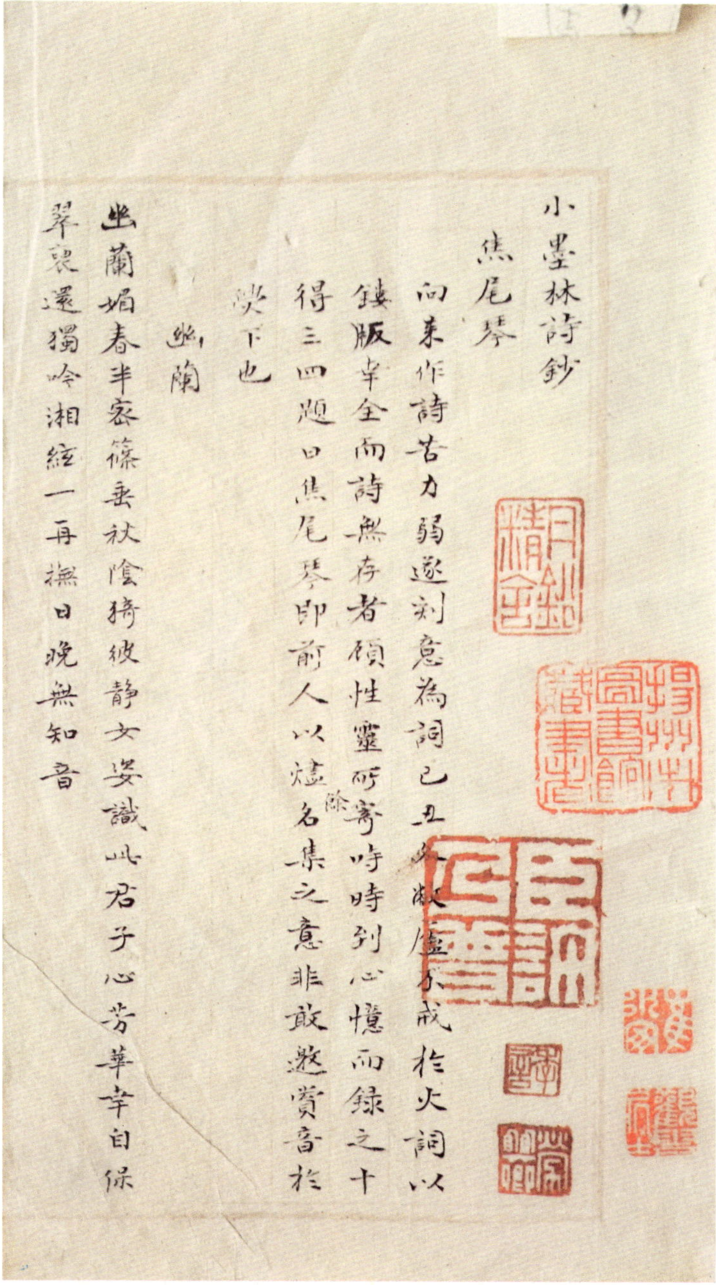
小墨林詩鈔

焦尾琴

向來作詩苦力弱遂刻意爲詞己丑冬敝廬不戒於火詞以鍥版幸全而詩無存者頗性靈所寄時時到心憶而錄之十得三四題曰焦尾琴即前人以燼名集之意非敢邀賞音於爨下也

幽蘭

幽蘭媚春半密篠垂秋陰猗彼靜女姿識此君子心芳華幸自保翠袖還獨吟湘絃一再撫日晚無知音

揚州市圖書館藏清稿本小墨林詩鈔

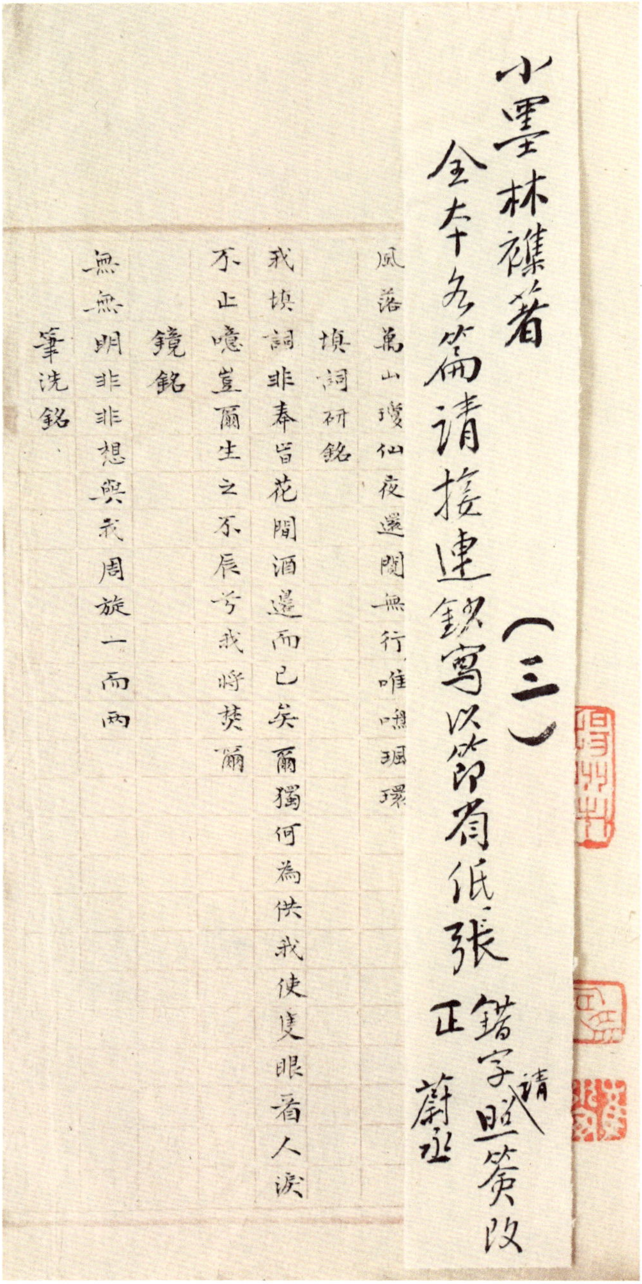
小墨林襍著
全本名篇請接連鈔寫以節省紙張（三）
錯字請照簽改正 蔚丞

風落萬山玃仙夜還閒無行唯嘸珮環

填詞硏銘
我填詞非奉旨花間酒邊而已矣爾獨何為供我使隻眼看人淚不止噫豈爾生之不辰兮我將焚爾

鏡銘
無無明非非想與我周旋一而兩

筆洗銘

揚州市圖書館藏清稿本小墨林襍著

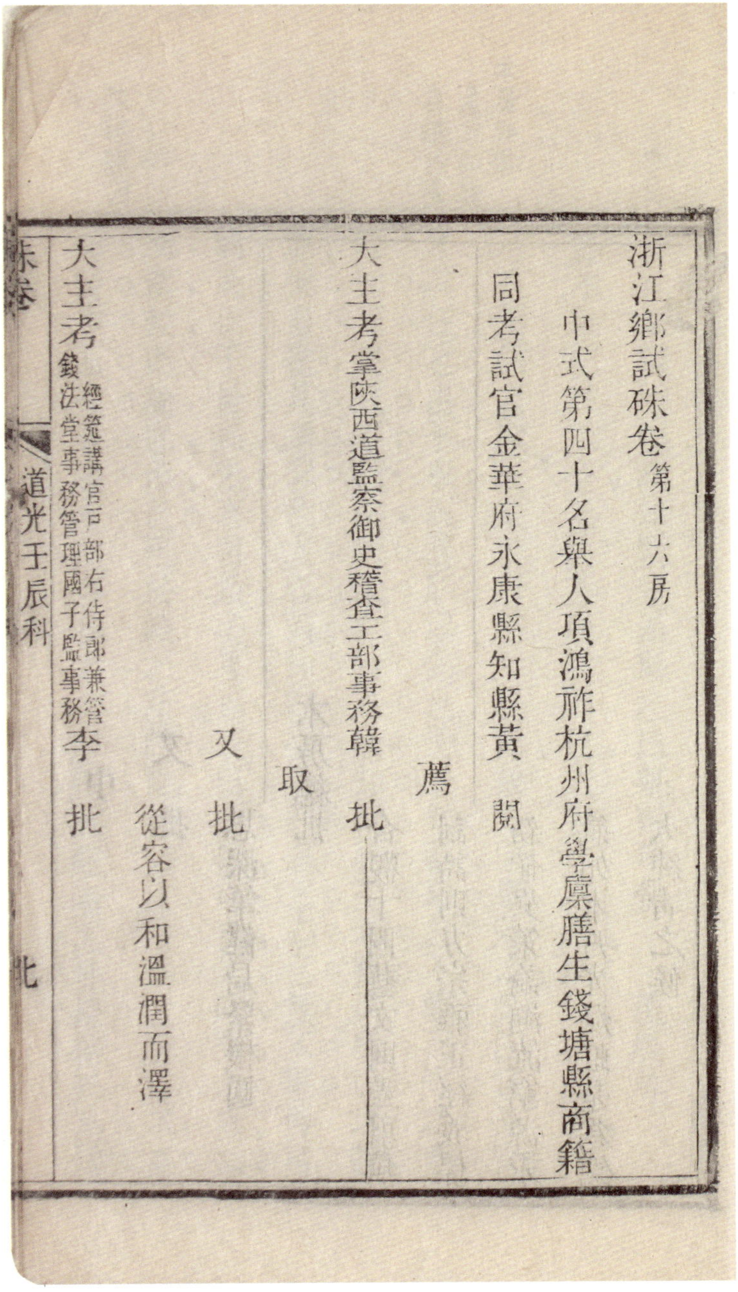
浙江鄉試硃卷第十六房

中式第四十名舉人項鴻祚杭州府學廩膳生錢塘縣商籍

同考試官金華府永康縣知縣黃　閱

薦

大主考掌陝西道監察御史稽查工部事務韓　批

取

又　批

從容以和溫潤而澤

大主考經筵講官戶部右侍郎兼管錢法堂事務管理國子監事務李　批

硃卷　道光壬辰科

浙江圖書館藏浙江壬辰科浙江鄉試硃卷第十六房項鴻祚硃卷

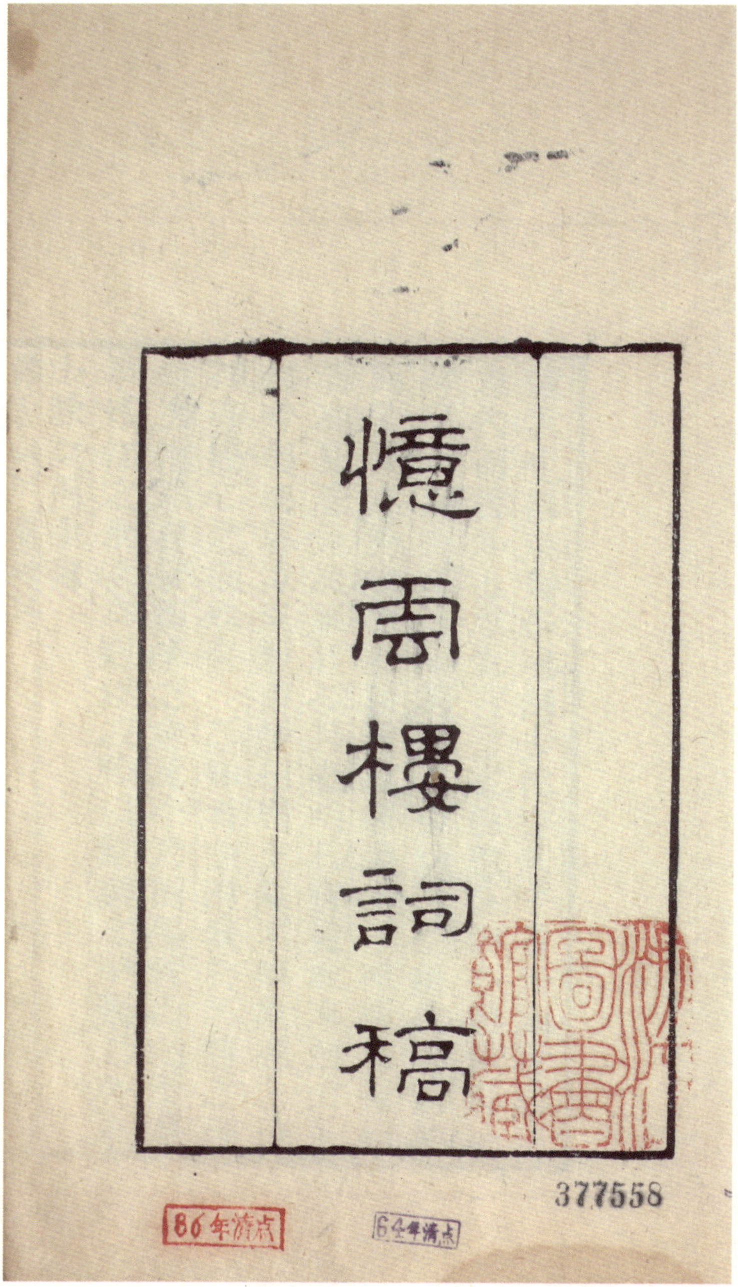

浙江圖書館藏道光刻憶雲詞甲稾初刻本内封

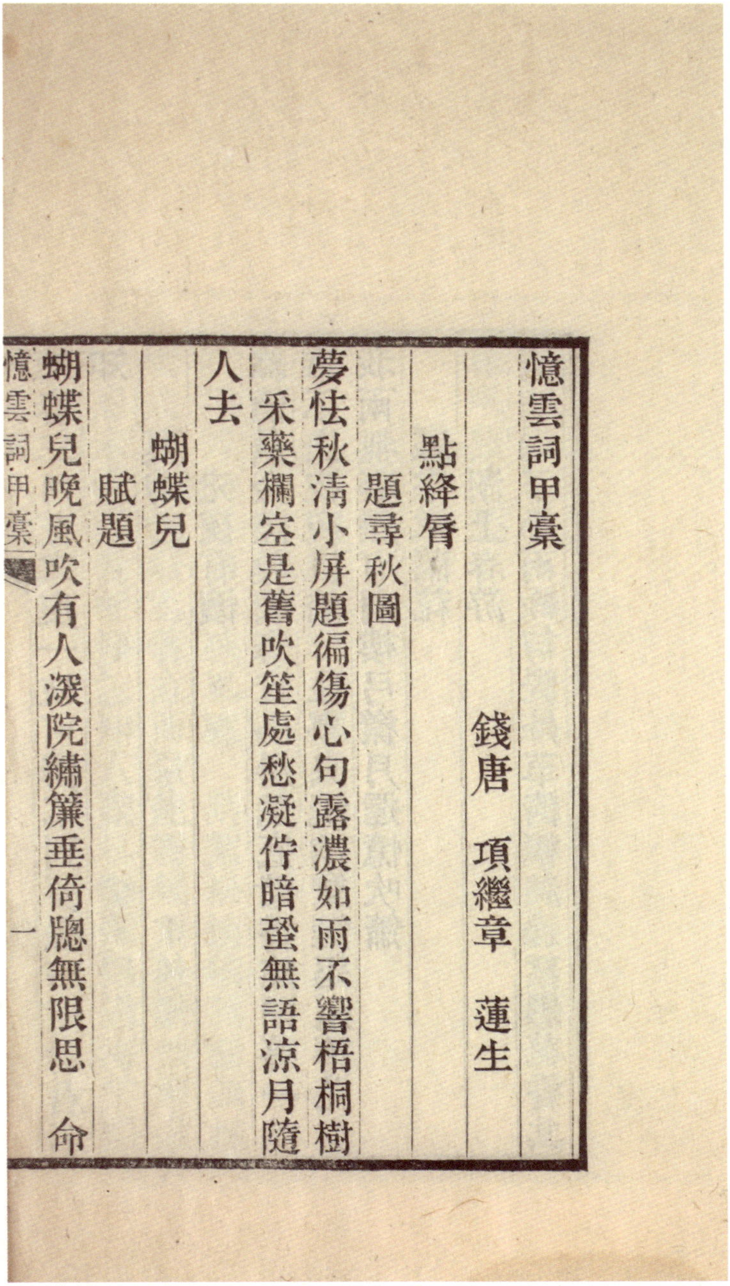

憶雲詞甲槀　　錢唐　項繼章　蓮生

點絳脣

題尋秋圖

夢怯秋清小屏題徧傷心句露濃如雨不響梧桐樹采藥欄空是舊吹笙處愁凝佇暗蛩無語涼月隨人去

蝴蝶兒

賦題

蝴蝶兒晚風吹有人深院繡簾垂倚牕無限思　命

浙江圖書館藏道光刻憶雲詞甲槀初刻本

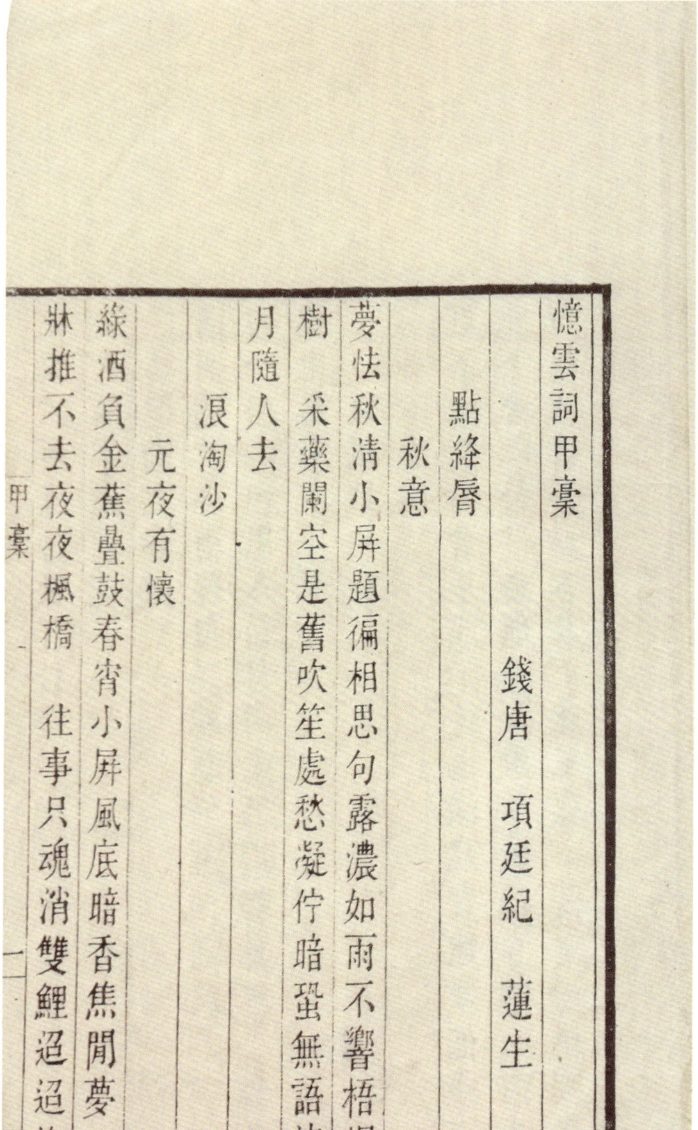

憶雲詞甲稾

錢唐　項廷紀　蓮生

點絳脣

秋意

夢怯秋清小屏題徧相思句露濃如雨不響梧桐樹　采藥闌空是舊吹笙處愁凝佇暗蛩無語涼月隨人去

浪淘沙

元夜有懷

綠酒負金蕉疊鼓春宵小屏風底暗香焦閒夢一牀推不去夜夜楓橋　往事只魂消雙鯉迢迢梅

甲稾　一

南京圖書館藏道光刻憶雲詞甲乙稾單行本（丁氏八千卷樓舊藏）

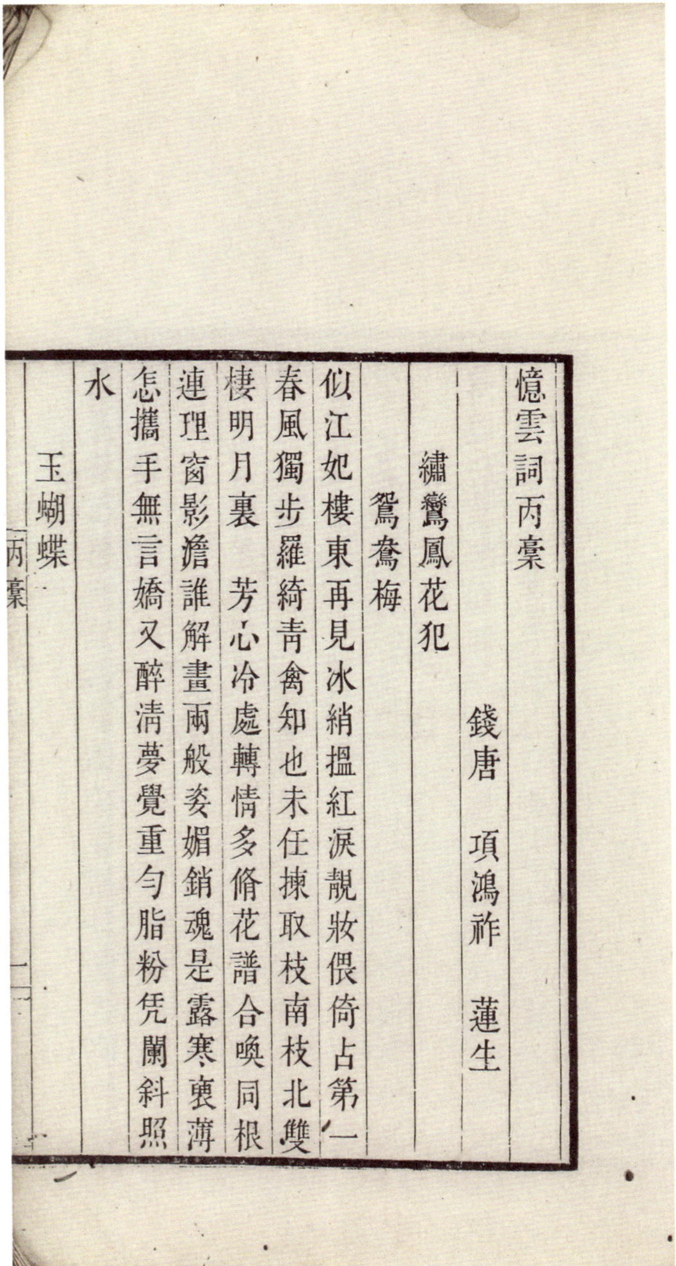
憶雲詞丙稾

錢唐 項鴻祚 蓮生

繡鸞鳳花犯

鴛鴦梅

似江妃樓東再見冰綃揾紅淚靚妝偎倚占第一
春風獨步羅綺青禽知也未任揀取枝南枝北雙
棲明月裏 芳心冷處轉情多脩花譜合喚同根
連理窗影澹誰解畫兩般姿媚銷魂是露寒、裛薄
怎攜手無言嬌又醉清夢覺重勻脂粉凭闌斜照
水

玉蝴蝶

丙稾 一

浙江省博物館藏道光刻憶雲詞丙丁稾單行本（黃賓虹舊藏）

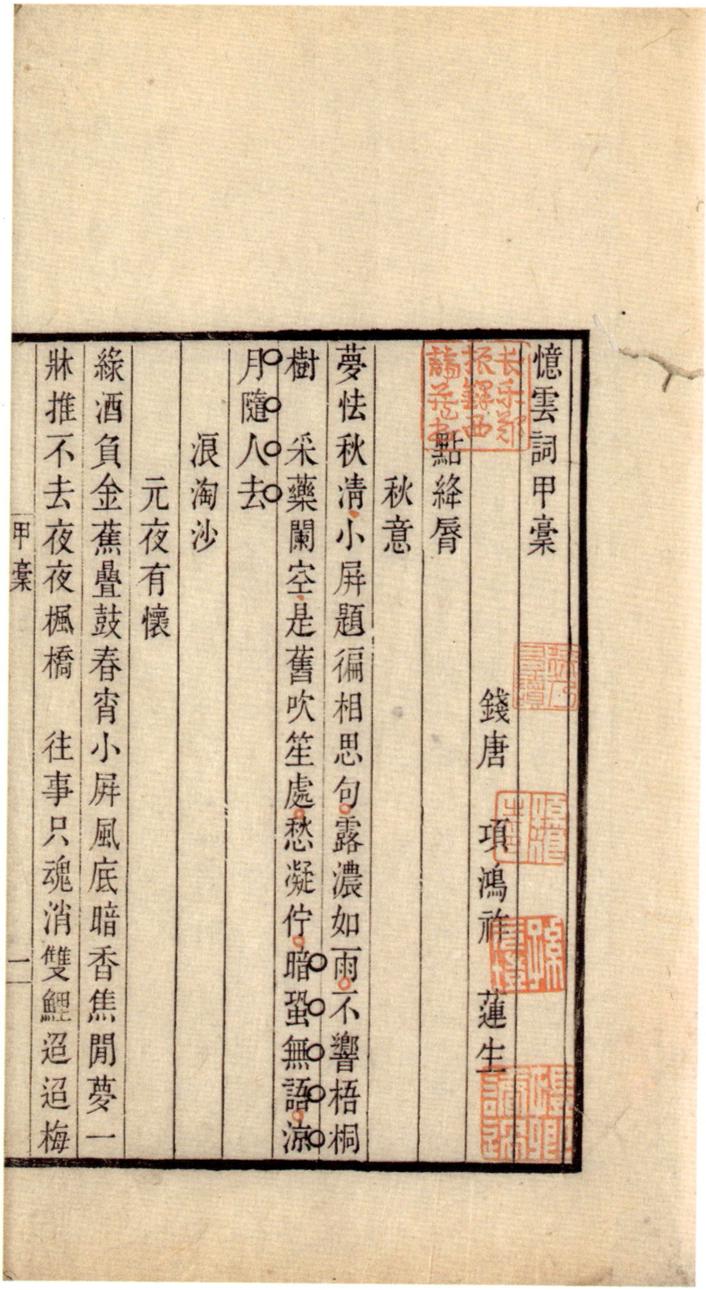

憶雲詞甲稾

錢唐　項鴻祚蓮生

點絳脣

秋意

夢怯秋清小屏題徧相思句露濃如雨不響梧桐樹　采藥闌空是舊吹笙處愁凝佇暗蛩無語淚月隨人去

浪淘沙

元夜有懷

綠酒負金蕉疊鼓春宵小屏風底暗香焦鬧夢一牀推不去夜夜楓橋　往事只魂消雙鯉迢迢梅

甲稾　一

國家圖書館藏道光刻憶雲詞

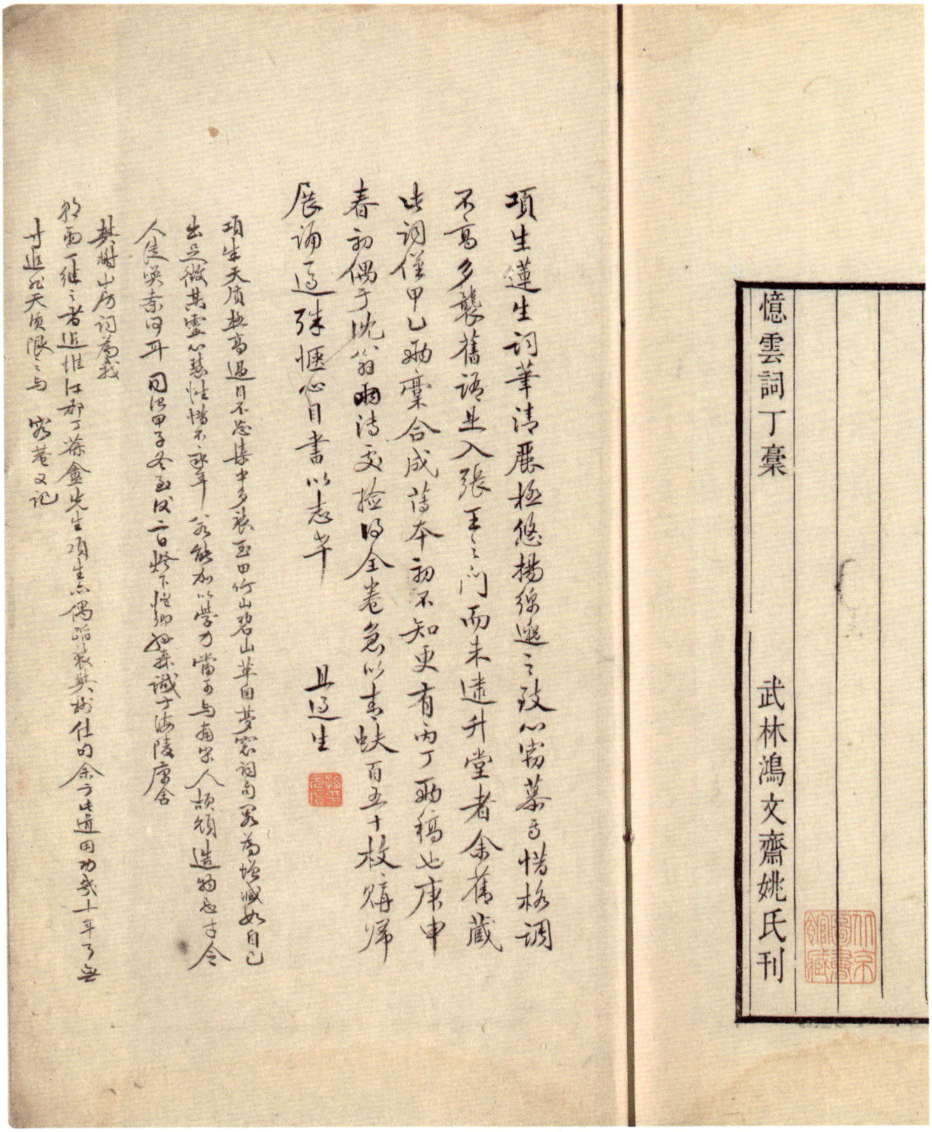
憶雲詞丁稾
武林鴻文齋姚氏刊

項生蓮生詞筆清麗極悠揚纏綿之致心竊慕之惜格調
不高多襲舊語未入張王之門而未遽升堂者余舊藏
此詞僅甲乙兩稾合成詩本初不知更有丙丁兩稿也庚申
春初偶于沈翁兩詩文檢得全卷急以青蚨百五十枚購歸
展誦過殊愜心目書以志幸
且過生

項生天資極高過目不忘集中多襲玉田竹山碧山草窗夢窗詞句蓋爲熔鑄如自己
出耳微其靈心慧性惜不永年[illegible]能加以學力當可與南宋人頡頏造物忌才令
人徒嘆奈何耳 同治甲子冬至後二日燈下[illegible]識于海陵廣舍
樊榭山房詞爲我
杭西一派繼之者近推江都丁蓀金先生項生亦偶臨樊榭但[illegible]余亦[illegible]過四功或十年可無
寸進以天質限之也 [illegible]庵又記

國家圖書館藏道光刻憶雲詞卷尾

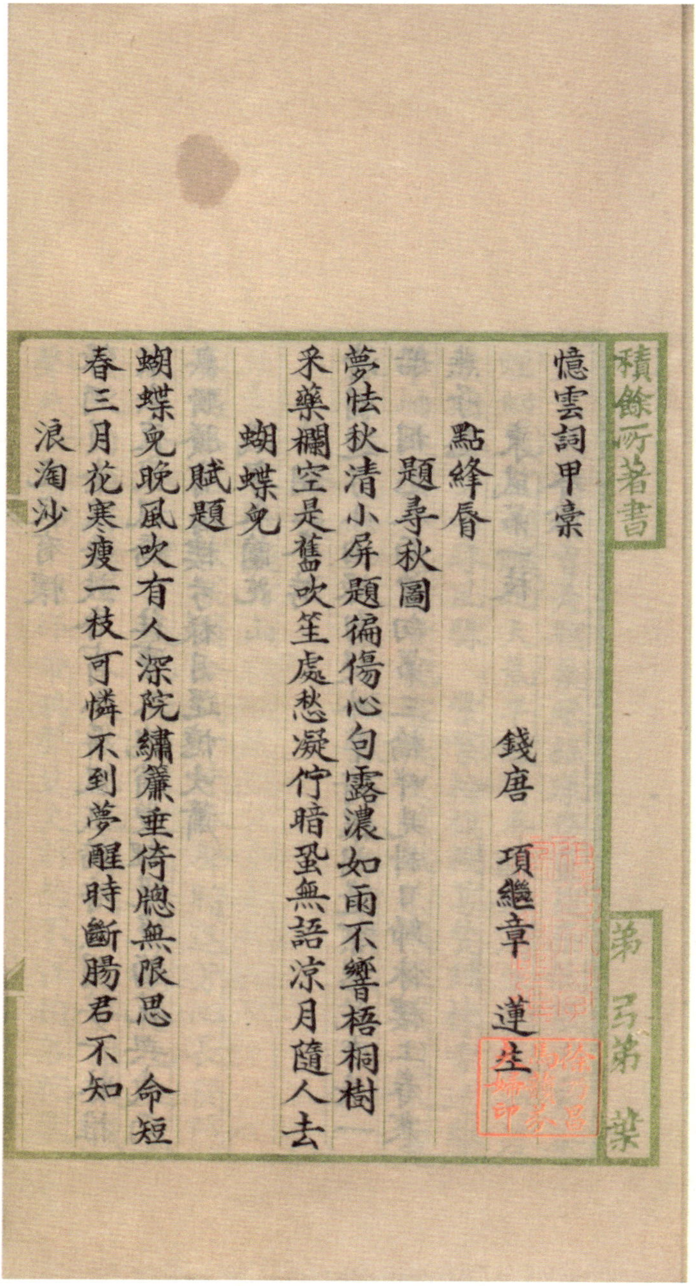
積餘所著書

憶雲詞甲稾　　　　錢唐　項繼章　蓮生

點絳脣

題壽秋圖

夢怯秋清小屏題徧傷心句露濃如雨不響梧桐樹

采藥欄空是舊吹笙處愁凝佇暗蛩無語涼月隨人去

蝴蝶兒

賦題

蝴蝶兒晚風吹有人深院繡簾垂倚牕無限思　命短

春三月花寒瘦一枝可憐不到夢醒時斷腸君不知

浪淘沙

第 弓 第 葉

復旦大學圖書館藏南陵徐氏抄憶雲詞

魚尾下寫　憶雲詞甲稾

畾
疊

憶雲詞甲槀

錢唐項廷紀蓮生撰〇〇〇

仁和許增邁生（孫）校栞〇〇〇

〇〇點絳脣

〇〇〇秋意

夢怯秋清小屏題徧相思句露濃如雨不響梧桐樹　采藥

闌空是舊吹笙處愁凝佇晴螢無語涼月隨人去

浪淘沙

元夜有懷

綠酒負金蕉疊鼓春宵小屏風底暗香焦聞夢一牀推不去

夜夜楓橋　往事只魂銷雙鯉迢迢梅粤與我兩無聊賸有

眉樓弓樣月還憶吹簫

增　廷紀　此三字縮小

復旦大學圖書館藏許增娛園抄憶雲詞

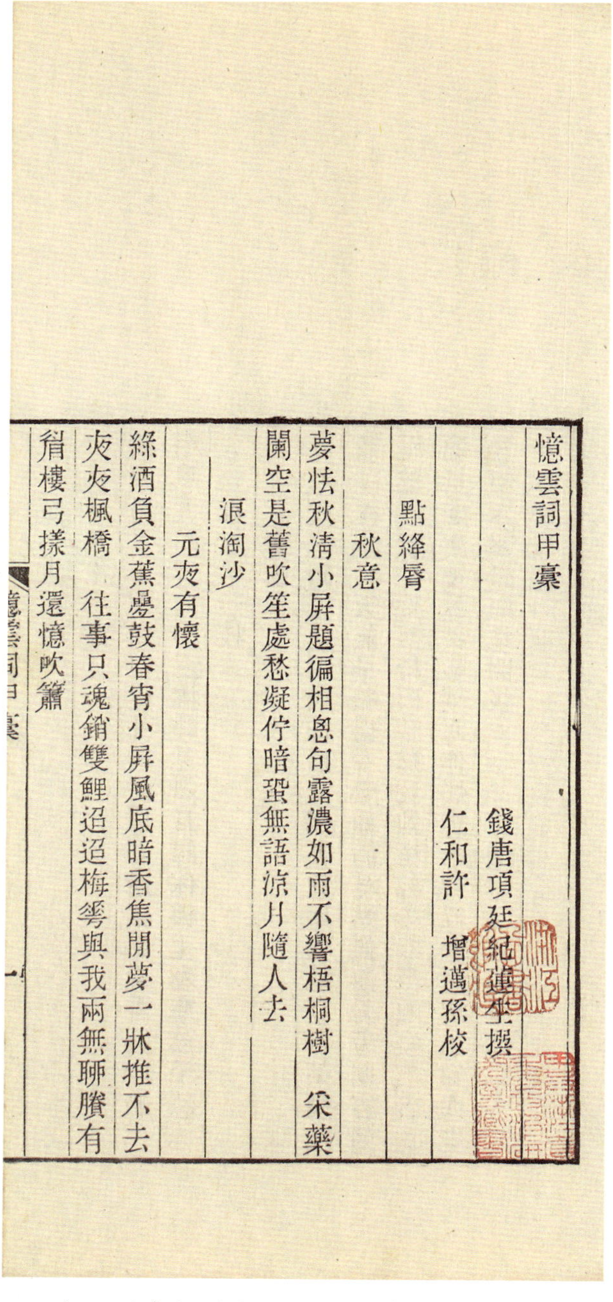
憶雲詞甲稾

錢唐項廷紀蓮生撰
仁和許　增邁孫校

點絳脣
秋意

夢怯秋清小屏題徧相思句露濃如雨不響梧桐樹　采藥闌空是舊吹笙處愁凝佇暗蛩無語涼月隨人去

浪淘沙
元夜有懷

綠酒負金蕉疊鼓春宵小屏風底暗香焦閒夢一牀推不去夜夜楓橋　往事只魂銷雙鯉迢迢梅彎與我兩無聊賸有稍樓弓様月還憶吹簫

浙江圖書館藏光緒刻榆園叢刻本憶雲詞

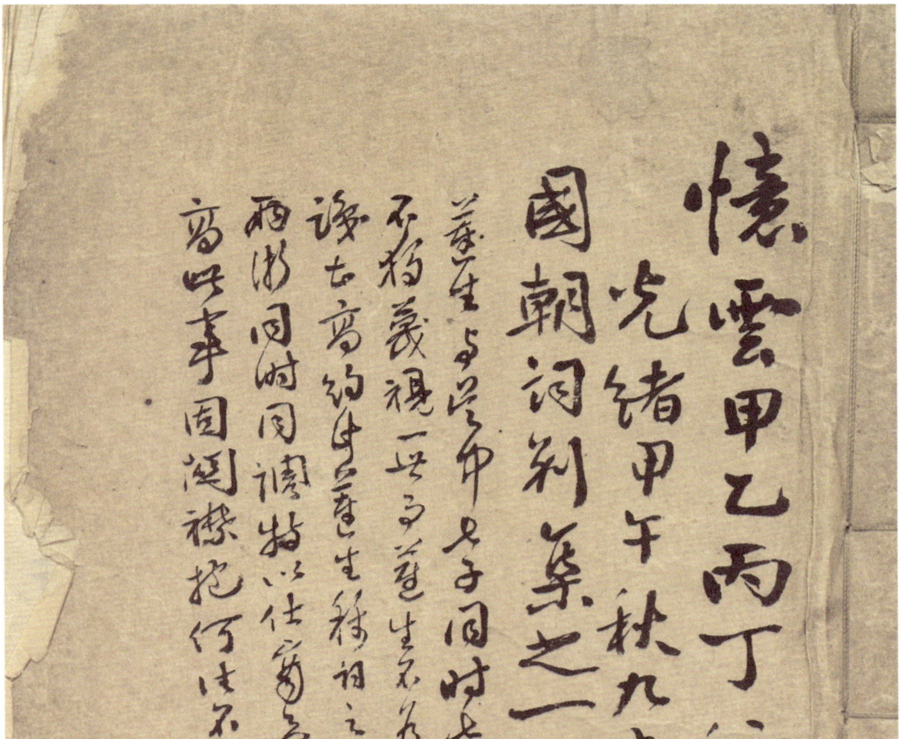
憶雲甲乙丙丁稿

光緒甲午秋九成抄四印齋藏

國朝詞剩集之一

首都圖書館藏王鵬運四印齋抄憶雲詞外封

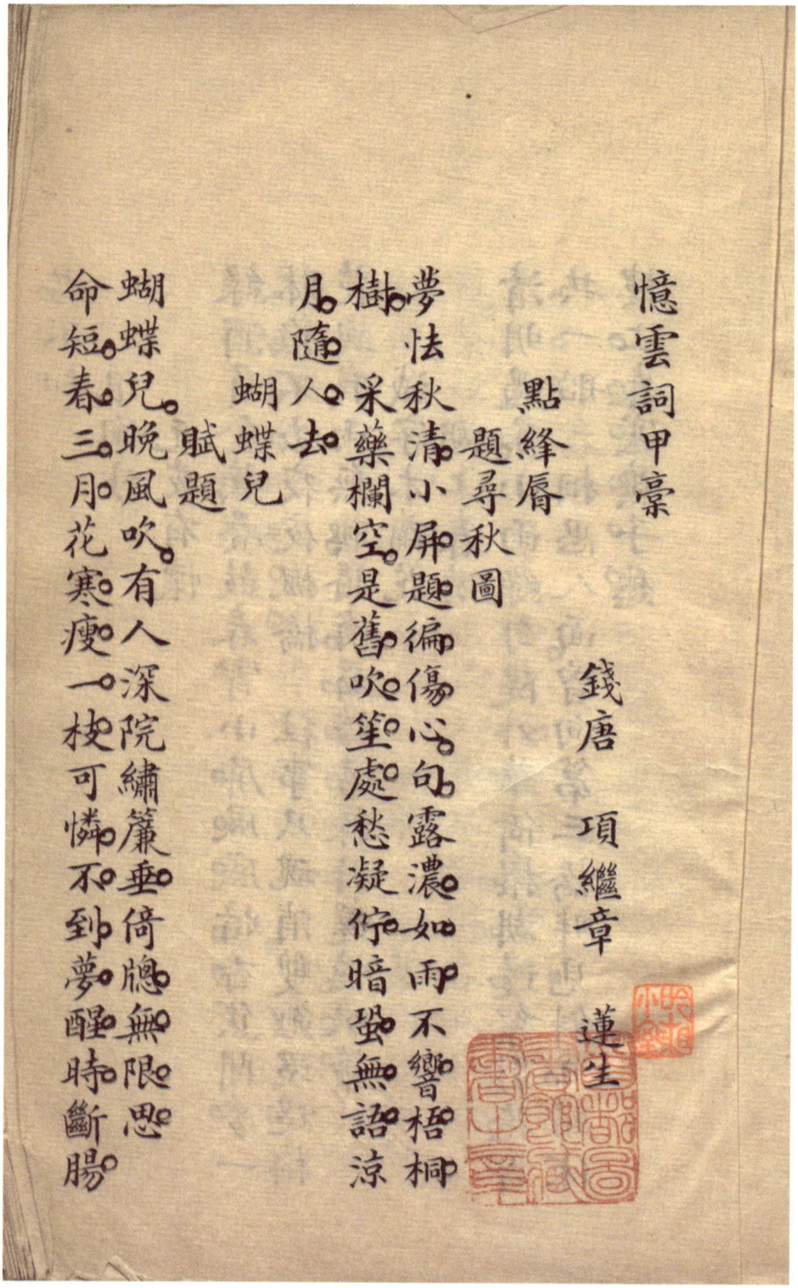

憶雲詞甲稾

錢唐　項繼章　蓮生

點絳脣

題尋秋圖

夢怯秋清，小屏題徧傷心句。露濃如雨，不響梧桐樹。采藥欄空，是舊吹笙處。愁凝佇，暗蛩無語，涼月隨人去。

蝴蝶兒

賦題

蝴蝶兒，晚風吹。有人深院繡簾垂，倚牕無限思。命短春三月，花寒瘦一枝，可憐不到夢醒時，斷腸。

首都圖書館藏王鵬運四印齋抄憶雲詞

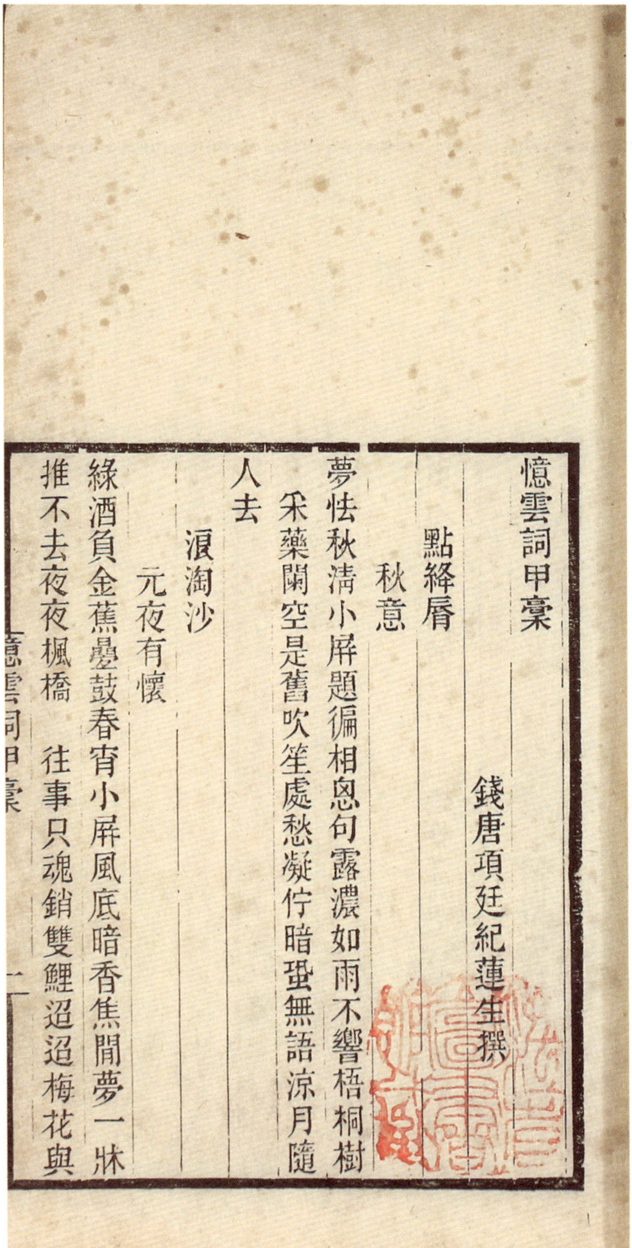
憶雲詞甲稾　　錢唐項廷紀蓮生撰

點絳脣

秋意

夢怯秋淸小屏題徧相思句露濃如雨不響梧桐樹
采藥闌空是舊吹笙處愁凝佇暗蛩無語涼月隨
人去

浪淘沙

元夜有懷

綠酒負金蕉曡鼓春宵小屏風底暗香焦間夢一牀
推不去夜夜楓橋　往事只魂銷雙鯉迢迢梅花與

憶雲詞甲稾　一

浙江圖書館藏光緒思賢書局刻憶雲詞

憶雲詞甲稾

錢唐項廷紀蓮生撰

仁和許　增邁孫校

點絳脣

秋意

夢怯秋清小屏題徧相思句露濃如雨不響梧桐樹　采藥闌空是舊吹笙處愁凝佇暗蛩無語涼月隨人去

浪淘沙

元夜有懷

綠酒負金蕉疊鼓春宵小屏風底暗香焦閒夢一牀推不去夜夜楓橋　往事只魂銷雙鯉迢迢梅雩與我兩無聊賸有畫樓弓樣月還憶吹簫

浙江圖書館藏民國有正書局石印憶雲詞

憶雲詞鈔

項鴻祚蓮生著　　王煜纂錄

點絳脣　夜坐

小院秋清後堂卻下葳蕤鎖玉簟斜彈老桂餘香墮　總是無眠拚得終宵坐風吹過一星螢火來照淒涼我

醉花間　擬毛文錫

愁君去看君去君去誰留住明日一帆風不見長干樹　曲廊攜手處後會知能否除了莫相思那有閒言語

浣溪紗　擬薛昭蘊

荇帶牽風作晚涼柳絲拖水溼斜陽平林漠漠遠烟黃　雙槳送人何處去最無情是櫂船郎兒家不合近橫塘

浙江圖書館藏王煜纂録清十一家詞鈔憶雲詞鈔

項鴻祚原名繼章改名廷紀字蓮生錢唐人道光十二年舉人著有憶雲詞四卷

府志鴻祚喜填詞工小令能自度曲嘗語人曰吾詞可與時賢角詩不足存家不戒于火奉母北行中途又遘水厄母與從子俱沒號辟歸幽憂之疾益深春官不第旋病卒嘗自訂詞稾為之序曰不為無益之事何以遣有涯之生真古之傷心人語也

譚獻傳略項君蓮生家世鹽筴至君漸落性湛然耆古嘗避喧南山讀書僧院就泉看山無復塵念姊聟許文恪公視學江西君偶從之一日游百花洲意有所感輕舟徑歸不以告也君文辭爾雅詩不多作善填詞幽異窈眇浸淫五代兩宋而擷精弃滓好儗温韋以下小樂府津逮艸窗夢窗蹊逕既化自名其家談者比之江淹襍體詩云手訂詞稾矜慎多芟削最後存憶雲詞甲乙丙丁稾四卷行于世

篋中詞蓮生古之傷心人也盪氣回腸一波三折有白石之幽澀而去其俗有玉田之秀折而無其率有夢窗之深細而化其滯殆欲前無古人以成容若之貴項蓮生之富而填詞皆幽豔哀斷異曲同工所謂別有懷抱者也

鄭道乾曰憶雲詞亂後尠見經榆園老人重為斠栞流傳始廣

浙江圖書館藏鄭道乾輯清杭郡詞輯稿本

整理前言

項鴻祚（一七九八—一八三五），原名繼章，字子彦，後改名廷紀，又改名鴻祚，號蓮生，或云字蓮生。祖籍安徽歙縣桂溪，浙江錢塘（今杭州）人。中道光十二年（一八三二）舉人，兩應會試，不第。道光十五年（一八三五）秋卒，年僅三十八歲。據道光壬辰科浙江鄉試硃卷中浙江鄉試第拾陸房同門姓氏記載，項鴻祚『行四，嘉慶庚申年五月二十二日吉時生。杭州府學廩膳生，錢塘縣商籍。中式第四十名』，而汪遠孫所編清尊集卷首載有各家生辰，項鴻祚名下記爲『嘉慶戊午年五月二十二日生』。其他文獻雖没有明確記録項鴻祚出生月日，但皆記載他卒於道光十五年，享年三十八歲，與清尊集所載出生年月相契合。考慮到古人有時會修改科舉履歷中的年齡，姑仍定蓮生出生於嘉慶戊午（一七九八）五月二十二日。項家世代經營鹽業，故而蓮生是『錢塘商籍』，這與民國歙縣志中記載他是『桂溪人，寄籍錢塘』，可相互印證。

項家至蓮生時已中落。蓮生幼年喪父，沉默寡言而多愁善感，自稱『幼有愁癖』，嗜讀書，喜填詞。其憶雲詞飲譽晚清詞壇，李佳左庵詞話稱其『能入宋人之室』；譚獻則認爲『杭州填詞，爲姜、張所縛……百年來，屈指惟項蓮生有真氣耳』（復堂日記乙丑），並將其與納蘭性德、蔣春霖並列爲『二百年中，分鼎三足』（篋中詞今集五）的經典詞人。蓮生詩文，久未獲見，致使很多人認爲他專力填詞，並無詩文集傳世。其實，蓮生有清稿本小墨林詩鈔、小墨林襍著存世，現藏於揚州市圖書館。本次結集，便是對小墨林詩鈔、小墨林襍著和憶雲詞甲乙丙丁稾的全面整理，並從其他文獻中輯録集外詩文若干，全書之末附有資料彙編，以期能全面展現項鴻祚的文學成就、生平思想以及對後世的影響。

清末吴慶坻在蕉廊脞録中云：『項蓮生孝廉鴻祚，善填詞，有憶雲詞甲乙丙丁稿四卷行於世。許邁孫丈重刊，譚復堂撰傳，謂其詩不多作。今崔磐石方伯得其小墨林詩鈔、小墨林襍著手稿凡四册。詩曰焦尾琴，以其家不戒於火，詩稿盡焜，追憶得之者；曰枯蘭集，則以喪其姬人，多幽憶怨斷之音。襍著爲駢散文及箴銘之屬。卷端有許文恪、勞季言小印。劫火所遺，惜無好事爲之刊行也。』吴氏所言四册手稿，就是揚州市圖書館收藏的小墨林詩鈔二册與小墨林襍著二册。四册手稿均爲紅格抄本，半頁九行，首卷有譚獻所撰項君小傳，小傳後有『誌』一篇，云：『此錢塘項蓮生先生手藁也。先生小傳爲仁和譚仲脩撰，刊憶雲詞中，有云「君文辭爾雅，詩不多作，善填詞」。然則此詩鈔當爲譚仲脩所未及見，不尤可寳貴歟？』落款爲『甲寅元旦止園誌』，並鈐有『磐石』印章。止園，便是崔磐石，即崔永安。崔永安，字書孫，號磐石，别號止園居士，又號西湖漁隱。光緒六年（一八八〇）二甲第十六名進士，選翰林院庶吉士，歷任浙江運糧使、浙江按察使、直隸布政使，庚子之亂時曾護理直隸總督。晚年寓居杭州，修藏書樓，收藏大量古籍和名人書畫碑帖，有『止園』、『磐石』、『磐石所得金石』、『止園審定』等多枚藏印。『甲寅元旦』即民國三年（一九一四）元旦。崔永安得到小墨林詩鈔與小墨林襍著，知道這部稿本爲譚獻所未見，彌足珍貴，故而寫下了這段『誌』。但崔永安並非首位收藏者，誠如吴慶坻所言，崔氏得到此書時，卷端已有許文恪、勞季言藏印。許文恪，即許乃普，字滇生，浙江錢塘人，嘉慶二十五年（一八二〇）一甲二名進士，授翰林院編修，曾督貴州學政、江西學政，後擢兵部尚書，同治五年卒，謚文恪。小墨林詩鈔卷首有鈐印『臣許乃普』。許乃普原配去世後又娶項鴻祚之姊項絸章爲繼室，許乃普可能是第一個收藏稿本之人。勞季言，即勞格，字保艾，一字季言，浙江仁和人，少從朱以升學，精校讎之學。小墨林詩鈔卷首有藏印『季言』，即勞格之印。

除此以外，現存小墨林詩鈔卷首尚有『勞顨卿』、『丹鉛精舍』、『崔永安』、『觀雲居士』以及『揚州市圖書館藏書』等印。勞顨卿，即勞格之兄勞權，字巽卿，一作顨卿，一字平甫，自號雙聲閣主人、丹鉛生、飲香詞隱等，著名藏書家、校勘家，與其弟併稱『二勞』。丹鉛精舍，即勞氏藏書樓，所藏書籍以精鈔精校著稱，後遭太平軍戰火而多毁佚。觀雲居士，無考，但今藏杭州圖書館明刻本箋注唐賢絶句三體詩法二十卷，卷首亦有『觀雲居士』、『磐石』、『永安』、『止園』等鈐印，由此推測，『觀雲居士』可能是崔永安之别號，抑或崔氏之同道藏友。

從這些鈐印可以得知，項鴻祚此四册稿本首先可能由其姐夫許乃普收藏，後來入勞氏兄弟之丹鉛精舍，太平軍戰亂時又從丹鉛精舍流出，爲崔永安所收藏。崔永安既非首位收藏者，也不是最後一位私家收藏者，這些稿本在進入揚州市圖書館之前，還曾被桂邦傑收藏過。桂邦傑，字蔚丞，江蘇揚州人，光緒十五年（一八八九）舉人，曾執教於京師大學堂，與嚴復等人有交往，後回揚州教書。雖然桂邦傑沒有在稿本中留下藏印，卻在每一册卷首留有簽條，依次寫有：『全書共四册，計小墨林詩鈔二册、小墨林襍著二册。茲爲節省紙張，請連續抄寫，擬改爲詩鈔與襍著各一册。蔚丞』；『此本接小墨林詩鈔後，請概照原式鈔寫。蔚丞』；『小墨林襍著。全本各篇請接連鈔寫，以節省紙張，錯字請照簽改正。蔚丞』；『此本接小墨林襍著後，每篇連續鈔寫，不必分開，藉省紙張。蔚丞』。此四册稿本是如何從杭州來到揚州，已不可考知；所幸的是，桂邦傑也頗有學養。他曾校勘過這四册稿本，並將訛字以浮簽的方式標識出來。現在稿本中還夾有幾張這樣的勘誤浮簽，如小墨林襍著第一册重建西山萬壽玉隆宫碑銘中有『晷躍齊明』一句，桂邦傑留有浮簽『晷曜，躍誤』，即謂應作『晷曜齊明』。可能是考慮到這四册稿本太過珍貴，桂邦傑曾想請人録副，所以纔會有『爲節省紙張，請連續抄寫』云云。但從僅存四册稿本未曾發現副本來看，桂邦傑的想法似乎没有實施。在小墨林襍著第二册的最後一頁，有鉛筆字跡：『三十二元入。』這應該是揚州市圖書館或其前身的工作人員所書，是他們以三十二元的價格從桂氏後人處收購來此四册稿本。

從整齊雋秀的字跡來看，此四册應是清稿本。小墨林詩鈔第二册中有西湖明月篇，其序結尾云：『又不獨摛詞蕪案，無復繞緒而已。』『繞緒』不可解。蓮生序中明言，此篇乃效何景明長安明月篇而作。考明嘉靖刻本何大復先生集，其中明月篇小序有『摛詞蕪紊，無復統飭』云云，蓮生原稿應是行草書，『統飭』與『繞緒』形似，故而抄者誤認。類似的誤認誤抄，還有幾處。另外，稿本筆跡與其他可靠項氏手跡，也有差異。據此可以判斷，此稿本當是倩人誊清，並非手書。此外，小墨林詩鈔有幾處天頭留有蓮生批註，如第一册第二頁題子敬洛神十三行帖後天頭有批註云：『此二詩可删。』所以小墨林詩鈔二册與小墨林襍著二册爲清稿本無疑。小墨林詩鈔與小墨林襍著的清稿本在項鴻祚生前『無好事爲之刊行』，待其殁後，此四册清稿本至少經歷了許乃普→勞氏兄弟（丹鉛精舍）→崔永安→桂邦傑諸人之手，最終爲揚州市圖書館收藏。

小墨林詩鈔二册，分焦尾琴、枯蘭集、蹇驢集、睡隱盦囈語四集。第一册即焦尾琴，存詩六十首。卷首有蓮生自序，云：『向來作詩苦力弱，遂刻意爲詞。己丑冬，敝廬不戒於火，詞以鏤版，幸全，而詩無存者。顧性靈所寄，時時到心，憶而録之，十得三四，題曰「焦尾琴」，即前人以「燼餘」名集之意，非敢邀賞音於爨下也。』己丑，即道光九年（一八二九），蓮生三十一歲，家遭火災，藏書殆盡，詩無所存，所以小墨林詩鈔是蓮生在劫後憑記憶所補。所幸蓮生詩詞皆主性靈，故能『時時到心，憶而録之』，但也只是『十得三四』而已，大部分詩作已無法追録。焦尾琴六十首詩中，有四十多首是律詩和絶句，如幽蘭、春感、春日泛湖同李西齋堂作、月夜抵南昌、拜史閣部衣冠墓等，或詠物，或感時，或紀遊，或抒懷，樣樣皆可入詩。還有十多首古風與歌行，或抒懷，或題贈，或遊戲，也饒有趣味。如悵悵辭三首之一：

迢迢冬夜長，恩情一何短。以石投海中，相思填不滿。鯉魚尾，猩猩唇，酌酒勸君君莫嗔。君口雖甜我心苦，城上烏嘑淚如雨。

全詩雖是男子作閨音，卻也將相思之情寫得真率熱烈，頗具樂府風味。再如，姬人抄寫羅虬花九錫，向蓮生索詩，他便作三十句的七言古詩以贈之。其中『承恩私喜椒蘭親，失意終嫌桃李俗』『盡道當年錫予隆，誰知轉盻春歸促』云云，以花喻人，意味深長。而臣里一百韻，則是蓮生旅夜與客談及静志居風懷詩，對方認爲『向來百韵詩皆擇寬韵，否則難免捉襟見肘』，蓮生爲一展才氣而特地寫下這首以『麻』韵一押到底的五言古詩。全詩二百句，多達一千字，且一韵到底，足可見出蓮生之過人才氣，也可見其矜才傲物之心氣。

小墨林詩鈔第二册含枯蘭集、蹇驢集、睡隱盦囈語三集。枯蘭集自序云：『寅、卯、辰三年所作不多，皆幽憶怨斷之音，存之重傷余心也。以「枯蘭」名集，蓋取諸昌谷之詩。』吴慶坻云『枯蘭集，喪其姬人，多幽憶怨斷之音』，所言不虚。枯蘭集存詩四十一首，其中過亡姬殯所、夜坐吟、傷心行、房中思諸篇，皆爲弔其姬人而作；其他詠殘書、破硯、敗筆、鈍劍、壞琴、落葉諸篇，皆着眼殘敗，哀情淒切，令人魂銷骨蝕。蹇驢集中的十八首詩作是蓮生下第時所作，其序云：『戴剡源曰長安多車馬塵，非論詩所也。余以壬辰十二月偕計吏北發，癸巳十二月南歸。

檢篋中詩，止此而已。感前人下第詩「跨驢人老落花中」之語，謂之蹇驢集焉。』壬辰十二月，即道光十二年（一八三二）冬，蓮生北上，參加次年會試，不第，癸巳十二月，即道光十三年（一八三三）冬南歸。從第一首别内至倒數第二首春闈報罷，皆記録此次北行之經歷。過吕城遇西安兵船南下、夜泊丹徒、除夕次汜水、正月二日渡黄河、過景州董子祠、過趙北口憶江南風景、良鄉道中、大雪過蘆溝橋等詩，詳細反映出蓮生北上的路線、時間以及内心感受。睡隱龕囈語作於南歸以後，蓮生歿前不久，其序云：『患難以來，人事有不可言者。癸巳下第南歸，葺燼餘老屋數楹，坐卧其中，顔曰「睡隱」。間有吟事，等之夢囈而已。』考諸憶雲詞丁稿自序，亦有『患難以來，人事有不可言者。癸巳下第南歸，已偪歲除。甲午春，葺燼餘老屋數椽，偃卧其中，顔曰「睡隱」』云云，可知睡隱龕囈語與憶雲詞丁稾作於同時，即甲午（一八三四）至乙未（一八三五）間，也就是蓮生去世前的一兩年。睡隱龕囈語存詩二十六首，多爲紀遊、詠物及唱和之作，其中和家兄子俊花朝坐雨之作（七首）、家兄次余種蘭百六十言見示疊原韵訓之、晨將出游家兄兩疊前韵見示復呈此篇、與家兄出鳳山門……兄詩有多君爲我憐腰腳到眼巑岏未許攀之句即同原韵、人日和芝生兄作、家兄用東坡先生子由生日一首韵見贈因和涪翁還家呈伯氏詩韵報之等十二首，皆是蓮生與兄長項綬章的唱和之作。可見項鴻祚在人生的最後階段，與其兄長交往頗密，應該是受到了項綬章的不少照顧。

小墨林襍著二册『爲駢散文及箴銘之屬』。其中，銘十六篇、套數一篇、小令二支、賦七篇、啓四篇、祭文一篇、記五篇、贈序一篇、序跋八篇、書札一篇以及擬古人奏疏一篇、對問一篇，的確是一部衆體兼備的『襍著』。從長短看，短的只在十字左右，如鏡銘：『爾容即我容，戒之毋面從。』長的則有兩千多字，如重建西山萬壽玉隆宮碑銘，銘前之序長達一千七百多字，銘文長四百多字，合計二千一百多字。從内容看，既有錐銘、悲摇落賦這樣抒發不平心聲者，也有春閨撲蝶圖賦、蚊賦這樣的閒暇遊戲之作；既有跋史通、跋詞苑英華等題跋古籍者，也有范雙玉畫記、題朱仲青舍人梅月知心圖等題畫跋圖者；既有遊信州南巖記、游白嶽記這樣與山水相親者，也有重建西山萬壽玉隆宮碑銘、祭城隍神文這樣與神靈相通者。從表達手法看，蓮生秉持其『性靈』觀念，即便是這些『駢散文及箴銘之屬』，也多寫得真切自然。如送李元卿還粵序有云：『夫士以浮沉不試，交疎黨棄，殊鄉索立而歌欷歔，豈特元卿也哉！而元卿若有所甚不堪，懷思故山，愴焉告别。余推挽不獲，獨挈離尊，餞之江滸。白日照水，羣猿亂嘑，彊盡一栝，張帆逕去。詩不云乎：「無幾相見，酒樂今夕。」嗟乎，元卿能無感於斯言？』蓮生將對友人的感情以及自己的態度，表達得真切淋漓。但是擬曹植徙安鄉侯自陳疏與擬宋玉對楚王問，卻是假託曹植與宋玉來抒發自己的憤懣。擬曹植徙安鄉侯自陳疏文末有蓮生案語：『植於文帝時，僅載黄初四年上責躬應詔詩一疏；至明帝時，乃有求自試、求通親親二表。蓋隔世而嫌疑已解，始敢盡言耳。補擬此疏，詞義過激，意爲思王少申憤懣。若在當時，言出而禍隨矣。悲夫！』這哪裏是在『爲思王少申憤懣』，完全是蓮生借曹植之口在夫子自道。

揚州市圖書館所藏小墨林詩鈔與小墨林襍著清稿本四册，未見其他圖書館有收藏記録；詩鈔與襍著内容豐富，字跡雋秀，有項氏批語，又經丹鉛精舍收藏與桂邦傑的校勘，洵爲稀世奇珍。這四册清稿本可以有力推進對項氏的研究。

首先，小墨林詩鈔、小墨林襍著裏面或有或無的信息，都能補充、完善項氏的生平史料，有助於辨析一些疑點。丁紹儀在聽秋聲館詞話裏談到憶雲詞時曾云：『項蓮生鹺尹客中聞歌，亦倚前調……鹺尹名鴻祚，錢塘人，曾官閩中。』丁氏又在清詞綜補裏説項鴻祚曾『官福建鹽大使』。但是譚獻項君小傳以及清史稿隻字未提蓮生有過福建爲官的經歷。蓮生到底有没有在福建做過『鹽大使』？首先，福建鹽法志中没有記載，清代硃卷集成第二百七十五册中項兆駿（蓮生之侄孫）履歷在記述族人先輩的官職時也未涉及。其次，幾乎每到一地都會留下文字的蓮生，卻在憶雲詞甲乙丙丁稾和小墨林詩鈔、小墨林襍著中未有一處文字談及福建。由此，基本可以判斷，三十八歲便遽然辭世的蓮生没有去福建任過『鹽大使』。那麽丁紹儀爲何會有如此誤載呢？前面提到小墨林詩鈔、睡隱盦囈語中有家兄次余種蘭百六十言見示疊原韵酬之等十二首詩作，是蓮生與兄長項綬章的唱和之作，兄弟二人關係密切；而項綬章倒是做過福建同安知縣，而且很可能是攜帶了四卷憶雲詞入閩。所以許增纔會説十數年間遍尋丙、丁稾而不得，最終『於閩中輾轉傳録』（重斠刻憶雲詞書後）。丁紹儀或許是將項綬章在閩中爲官誤記爲項繼章（鴻祚原名繼章）之事；至於『鹽大使』，應該是對項君小傳中『世業鹽筴』的誤傳。未見小墨林詩鈔之前，遍查憶雲詞未見蓮生有與兄唱和之作，無法判斷兄弟二人的關係；而小墨林詩鈔睡隱盦囈語中十二首與項綬章的唱和詩，爲判斷項氏兄弟的關係以及推斷丁紹儀爲何誤記提供了旁證。

其次，小墨林詩鈔、小墨林襍著爲全面了解項氏的文學成就提供了文獻支撑。以前只知道憶雲詞纏綿幽咽、黯苦鬱深，現在再讀詩鈔與襍著，發現項氏風格不止一端。蓮生詩作，展現性情，追求性靈，也就是他在焦尾琴序中所説的『性靈所寄，時時到心』。例如小墨林詩鈔焦尾琴中有歸舟絶句八首，是道光六年（一八二六）蓮生北渡長江，遊揚州、淮陰以後在回家途中所作。八首絶句皆直抒胸臆，清新明快，如其六、其八云：

> 水田千頃種菱花，樓上珠簾捲落霞。回首煙波空自笑，出門一步是天涯。
>
> 布帆衝曉露華凉，載酒江湖自覺忙。又到臨平山下路，西風十里藕花香。

再如焦尾琴最後一首詩誰遣：

> 誰遣飛瓊下碧城，空聞神女上瑶京。月臨鏡檻秋無影，風落琴牀夜有聲。來日苦多非去日，今生未卜况他生。此情若待成追憶，地老天荒總不平。

這些詩不刻意描寫，不僞飾造作，無富貴氣，無學究氣，只是詩人性情所至，衝口而出，很符合袁枚所表彰的布衣寒士的『天籟之音』。蓮生古詩、歌行也寫得真切自然，極具古意，如其橫塘曲：

郎來長干里，門隔橫塘水。阿姊相呼去採蓮，匼央飛入層波裏。秋月暎紅粧，秋月濺羅裳。莫悲蓮薏短，祇覺藕絲長。藕絲長，蓮薏短。十步是兒家，郎還嫌路遠。

將此詩置於漢魏樂府中，亦不遜色。無論是樂情還是哀情，蓮生都是在詩中作最自然的流露，如枯蘭集開篇第一首夜坐吟：

墮瓦葉已乾，射隙風更悄。街鼓禁無聞，帷燈耿相照。凝雲催雨壓頽檐，月黑天低鬼車叫。此時獨坐心茫茫，悲從中來不可當。泉下無人寄消息，今年秋夜爲君長。

與憶雲詞中霓裳中序第一檢故篋見亡姬遺扇（湘筠展翠疊）相比，雖然都是『幽憶怨斷之音』，但此詩寫得更爲直接，將對亡姬的感情展露無遺，令人愴痛。

小墨林襍著中收有一篇套數和二支小令，全清散曲未收。這篇套數是爲題朱仲青舍人梅月知心圖而作，用的是『北雙調』，由新水令起頭，以鴛鴦煞收結，中間連綴駐馬聽、沉醉東風、折桂令、沽美酒、太平令等五支曲子。雖然蓮生的散曲已經儘量俗化，但還是顯得清雅有餘，曲味不足。例如兩支小令：

黄昏，閉門，趲一片雅嘑緊。小庭風葉落紛紛，心事無人問。香替誰熏，酒待誰温，舊羅巾還自揾。思君，暮雲，盼不到江南信。（中呂朝天子庚辰秋作）

鳳鞾修到掌中擎，雁柱捱成指上聲，龍綃搵住心頭病。燭光摇花影，横倩冰蟾，挂在銀屏。越襯得粧兒靚，再休推曲子生，又是三更。（雙調水仙子即席戲贈）

很明顯，蓮生散曲屬於清雅一路的『詞味之曲』。清代文人多作詞曲之辨，主要目的是爲了防止詞有曲味，卻不反對曲有詞味，蓮生的散曲便是如此。

第三，小墨林雜著中的一些序跋文字，可以加深對項氏詞學思想的認知。由於憶雲詞在晚清詞壇産生了重大影響，所以對項氏詞學思想的探討也頗受重視。但以往的研究只能根據憶雲詞的各稾自序，探究項氏所謂『詞者，意内而言外』與常州詞派『意内言外』的區别，以及强調項氏主張曉暢明了地抒情，反對死守音律的詞學觀念。小墨林襍著中涉及談詞的文字除了憶雲詞甲、乙稾序以外，還有填詞研銘、跋山中白雲詞、跋汲古閣六十家宋詞等五處。略作歸納，對項氏詞學觀念可作三點補充：第一，尊詞體。在答友人書中，蓮生針對友人『來書不暇他及，齗齗以好填詞爲僕戒，曰是非君子所爲』進行反駁，指出對方『不問古之作詞者何人，古人之詞何若，但以其名爲詩之餘而僅得居乎曲之上，則詆之，亦不爲枉』。雖然清代詞人都力主尊詞，但大多在序跋、詞話中發之，很少有像他這樣在書信中直接與人進行辯駁，何況蓮生本是『性沉默，寡言語』之人，他能如此與人争辯，可見他對詞體的推尊真正是發自一個詞人的肺腑。第二，輕明詞。蓮生在跋汲古閣六十家宋詞中明確提出『詞學至明幾絶』，又在跋詞苑英華中對張綖的詩餘圖譜表示不屑，並對王象晉以張綖南湖詞與秦觀淮海詞併爲一編的做法表示嘲笑，認爲秦、張之詞存在『薰蕕之别』，豈可名曰『合璧』。可見清人對明詞的鄙薄是根深蒂固，深入骨髓。第三，重張炎。蓮生在跋山中白雲詞中云：

玉田詞精警不及梅溪，雄俊不及稼軒，生峭不及白石，奇麗不及夢牕，整潔不及蘋洲，幽窅不及花外，而能掇諸家之長，加之以駘宕，芊芊緜緜，『山中白雲』四字盡之矣。近世學玉田者，小長蘆差近，有時或失之甜，安論餘子？

朱彝尊曾宣稱自己『不師秦七，不師黄九，倚新聲、玉田差近』（解佩令自題詞集，江湖載酒集卷一），一百多年後，項氏能看出本朝詞人學張炎者以朱彝尊爲最近，可謂目光如炬。蓮生重張炎，並不表明他就是浙派後人，但可從中窺見張炎在晚清詞壇的影響。

憶雲詞以哀發無端、愁來莫名的韵致贏得了晚清詞壇的諸多贊譽。甲稾成於癸未（一八二三），收録蓮生二十五六歲以前的作品，多寫春梢秋尾，花開花落，鵑啼何苦，相思無益。如臨江仙：

有限春宵無限夢，夢回依舊難留。淚珠長傍枕函流。書來三月尾，鐙盡五更頭。
見説而今容易病，日高還掩妝樓。桃花臉薄不禁羞。瘦應如我瘦，愁莫向人愁。

蓮生將宛轉柔情寫得纏綿幽咽，疏狀入微，確實有如山鬼晨吟，瓊妃暮泣。但或許是年輕的緣故，甲稾中的小令雖有情致，有些作品卻失之纖弱；尤其是像『梧桐葉兒風打窗』（河傳）、

『且去西泠橋畔等』（南浦詠柳）、『也似相思也似愁』（卜算子贈蕅卿）這樣的詞句，皆作聰明語，有傷滑易。所以項氏後來對甲稾做了較大的刪改。

乙稾成於戊子（一八二八），其中多寫羈旅愁思以及對史跡滄桑的顒望與感歎。詞中涉及的地點有吴山、越中、吴江、山陰、蘭溪，還有揚州的紅橋與鎮江金、焦兩山，以及江西南昌的百花洲、滕王閣等地。其中在滕王閣、鐵柱宫等地所作懷古詞，有烈烈風雷之氣，這在憶雲詞中並不多見。值得注意的是，乙稾中的作品顯示出項氏在填詞藝術上日益精湛。如其小令太常引客中聞歌：

杏花開了燕飛忙。正是好春光。偏是好春光。者幾日、風淒雨涼。　楊枝飄泊，桃根嬌小，獨自箇思量。剛待不思量。吹一片、簫聲過牆。

這首詞雖然是寫春光寂寞的傳統題材，高明之處卻在於用結句的隔牆簫聲來反襯主人公的寂寥和欲罷不能，從而使濃濃的愁情溢於言表。更高明之處在於，這種欲罷不能的感覺正是每個人心中都有，卻又是低徊不能自言者；仿佛是蓮生代讀者説出了心中莫可名狀的情感，所以令人感動之餘卻感覺不到技巧的運用，這正是蓮生小令之勝場處。以往論者多謂蓮生工於小令，其實其長調纔是譚獻所謂的『盪氣回腸，一波三折』。如乙稾中的水龍吟秋聲：

西風已是難聽，如何又著芭蕉雨。泠泠暗起，澌澌漸緊，蕭蕭忽住。候館疏碪，高城斷鼓，和成淒楚。想亭皋木落，洞庭波遠，渾不見、愁來處。此際頻驚倦旅。夜初長、歸程夢阻。砌蛩自歎，邊鴻自唳，翦鐙誰語。莫便傷心，可憐秋到，無聲更苦。滿寒江、賸有黃蘆萬頃，卷離魂去。

詞中所用西風、芭蕉雨、候館疏碪、高城斷鼓等意象都屬常見，但是通過這些意象的層層串疊，傷秋悲吟的氣息就被鋪展開來。蓮生又在鋪張意象的過程中加入了內心獨白，使得情感跌宕而詞意加倍。賦『秋聲』，卻説『無聲更苦』，嚴迪昌先生認爲這便是詞眼（清詞史）。最終，淒緊的秋聲在萬頃黃蘆中捲挾着離魂而去，這樣的結尾着實給人以驚心動魄的衝擊和感染。如此風鳴萬竅的氣韻，絶不是自縛於南唐一家者所能爲，更非神虛情贋、隨聲逐影之浙派末流所能問津。

丙稾成於甲午（一八三四），初稿毀於火災，此乃劫後追憶而成。這一時期，蓮生疊遭變故，先是被火室燬，舉家北行，復厄水災，母姪俱喪，愛姬與友人也相繼去世。太多的傷悼令本來就有些鬱結不化的蓮生更加低沉衰颯，以致在丙稾序中發出了『不爲無益之事，何以遣有涯之生』的傷心感歎。此語絶痛，引起了後來無數傷心人的共鳴。所以丙稾中多爲蒼涼悲咽的苦情之作，有些作品名曰『悼友』，實爲自悼。例如壺中天『哭葉午生』一闋：

句章城郭，有便娟接舞，魂歸徠只。夢醒桃根應錯問，胡蝶可憐花底。夜蛩吟孤，絳都春老，餘恨空流水。日湖賸稾，於今誰爲料理。知我已十年前，素弦彈折，更灑銅仙淚。忍倚新腔西子慢，愁落野鶡聲裏。如此江山，不容詞客，寂寞人間世。貂裘背雪，倦游行且休矣。

作者傷感於友人病逝他鄉的悲慘遭遇，發出了『如此江山，不容詞客，寂寞人間世』的悲吟。這不僅是在哀悼午生，更是蓮生在哀悼自己的人生遭際。難容於江山之間的傷心詞客，心中有太多的哀痛與積恨。埋憂無地，寄愁何處？只有把銷骨的哀愁埋進詞中，通過詞筆的揮灑，或許能灑去這千瘡百孔的人世間所帶給他的憂傷、失落與癡怨。

丁稾成於乙未（一八三五），大多爲擬花間之作，表面上看是專寫男女情思，實則乃是蓮生『託之綺羅薌澤，以洩其思』的傷心語，可謂辭婉而情傷矣。如最後一首采桑子讀金荃詞題後：

豔詞空冠花間集，不上雲臺。卻上陽臺。一讀南華事事乖。謝郎折齒狂猶昔，紅粉成灰。蠟炬成灰。賸得閒情賦錦鞵。

雲臺乃漢明帝追念功臣之地，陽臺則是宋玉高唐賦中所描述的楚王與神女歡會之所。『豔詞空冠花間集，不上雲臺，卻上陽臺』，其實就是蓮生對自己這一生『浮名只爲填詞誤，詩酒流連』的總結。『紅粉成灰，蠟炬成灰』，『一讀南華事事乖』，詞人回顧往昔，只能感歎人生如夢又如煙。

總之，憶雲詞不方重，不堆垛，不掉書袋，不逞腹笥，完全是以猿啼斷腸、鵑淚成血的幽怨之情來打動人心；詞中很多情感乃常人都有，卻又是常人所不能自言者，故而讀者往往會被憶雲詞撥動心弦，引發共鳴。加之蓮生天資聰俊，詞筆雋永，有些詞句看似脱口而出，卻是真摯動人，沁人心脾。這與當時浙西詞派的風格大相徑庭。因此王鵬運説『蓮生詞筆爲浙西後起，雄傑足殿全軍』（王鵬運憶雲詞甲乙丙丁稾識語），看來是有失允當。倒不如像況周頤那樣視蓮生爲『不立宗派者』（冰紅集敍），或者像嚴迪昌先生那樣直接稱其爲道光年間的『感傷詞人』（清詞史），這樣更符合項鴻祚與憶雲詞的真實面貌。

最後介紹一下憶雲詞的版本問題。浙江圖書館藏有憶雲詞的甲稾初刻本，題名憶雲樓詞稿，署名『項繼章』，由武林鴻文齋姚氏刊刻。這説明甲稾曾經單獨刊行過，但印數應該不多，目前所見，除浙江圖書館外，天一閣博物館尚藏有一部。甲稾初刻本後來多以鈔本流傳，像王鵬運四印齋鈔本憶雲詞和徐乃昌所鈔憶雲詞的甲稾都是從單行甲稾初刻本抄來。由於甲稾多爲少作，蓮生在刊行以後多有删改，並將修訂後的甲稾與乙稾一起付刻，是爲二卷本憶雲詞。南京圖書館所藏二卷本憶雲詞原爲杭州丁氏八千卷樓藏書，署名『項廷紀』；其甲稾與單行初刻本有很多差異，而與後來四卷本之甲稾相同。這説明二卷本、四卷本皆是採用修訂後的甲稾。除南京圖書館以外，天一閣博物館也藏有一部甲乙二卷本的憶雲詞，爲朱鼎煦別宥齋舊藏。丙稾在付梓前毁於火災，蓮生劫後追憶，録刊一卷，成於甲午；第二年又刻成丁稾，遂與丙稾合併，刊行了丙丁二卷本的憶雲詞，署名『項鴻祚』。此版本流傳最少，目前僅發現浙江省博物館有藏，爲黄賓虹舊藏。至此，甲、乙、丙、丁四稾皆已刻成，聚合彙印完整的憶雲詞已是水到渠成之事，四卷本的憶雲詞便産生了，只是甲乙兩稾署名已改作『項鴻祚』。四卷本有可能在蓮生生前便已刻好，因爲書版是現成的，只需將甲乙二稾的署名剜改爲『項鴻祚』，然後一起刷印即可。當然，也有可能成書於蓮生卒後，畢竟在丁稾刻成當年（一八三五）秋，蓮生便去世了。

四卷本憶雲詞刊印十幾年後爆發了太平天国戰亂，太平軍兩度攻佔杭州，書版可能被燬，導致四卷本憶雲詞流傳甚少。反而是甲乙兩稿刊行在先，刻本、鈔本多有保存，以致到咸豐年間，很多人竟然只知憶雲詞有甲乙，而不知有丙丁。孫元愷就説：『余舊藏此詞僅甲乙兩稾，合成薄本，初不知更有丙丁兩稿也。庚申春初偶于沈翁雨傳處檢得全卷，急以青蚨百五十枚購歸，展誦一過，殊愜心目，書以志幸。』（憶雲詞識）他所購全卷，便是武林鴻文齋姚氏刊刻的四卷本，現藏於國家圖書館。可見，在咸豐年間已經很難見到四稾完整的憶雲詞了。這種狀況持續了很長時間，光緒壬辰（一八九二）王鵬運在鈔校甲乙兩稾以後依然無法得到丙丁稾，並且聽聞許增要重刻憶雲詞『亦覓丙丁稾不可得』，不禁感歎道：『别集孤行，良易散失，此叢書之所以可貴也。』（王鵬運憶雲詞甲乙丙丁稾識語）全本憶雲詞能重新面世，許增勞苦功高。剛開始他也只搜得甲乙兩稾，經過十數年的不斷尋訪，最終在福建覓得全書。上文曾云很有可能是蓮生兄長項綬章入閩爲官時將憶雲詞帶到了福建，當然也有可能是書商或其他人將此書攜帶入閩。許增展轉傳録，將此書交付刻工，於光緒癸巳（一八九三）仲春開雕，是謂之榆園初刻本。此本將甲稾初刻本中被蓮生删除的詞作全部以『删存』的形式加以收録，只有一首蝴蝶兒賦題因其下半闋與丁稾中胡蝶兒擬張泌相同，許氏可能認爲重出而未收。許增又從清尊集等文獻中輯得兩首佚詞和八首佚詩，殊爲不易。王鵬運四印齋鈔本之丙丁稾以及『删存補遺』便是從榆園初刻本抄出。後來，許增又將憶雲詞放入榆園叢刻重新印行，是謂之榆園叢刻本。叢刻本沿用了初刻本的牌記，所以粗看兩本並無相同。其實，許增在將初刻本放入叢刻時做了一些修訂，最明顯的就是叢刻本又從丁氏八千卷樓鈔本鈔補蓮生三首佚詩，使所補佚詩達到十一首。故而許氏初刻本跋云『先生所著詩無耑集，近更無可問津，先後鈔存六七首』，而叢刻本之跋改云『先後鈔存十餘首』。文字上也略有修訂，如叢刻本丁稾中柳枝下半闋云：『珠露穿絲交影細。蜘蛛墜。尋思七夕是今朝。轉無憀。』『蜘蛛墜』，初刻本中作『蜘蛛墮』，『墮』字失韵。顯然是許增作了修正。叢刻本保留了初刻本的序、傳、畫像、像贊、删存、補遺和跋，體制完備，刊刻精美，又挾叢書之重，故而影響巨大，流傳甚廣，後來思賢書局本和叢書集成初編本、有正書局石印本都是以此爲藍本。光緒己亥（一八九九）夏，思賢書局依照榆園叢刻本重新刊行憶雲詞，但是將『補遺』中十一首佚詩盡數删去，只保留佚詞，似乎是爲了保證詞集體例之純正。思賢書局本流傳較廣，國家圖書館藏有多部，其中一部原爲吴梅先生所藏。續修四庫全書總目提要也是依照思賢書局本來撰寫的憶雲詞提要。叢書集成初編本憶雲詞則在扉頁上明確印有『本館據榆園叢刻本排印』的字樣，全書僅有兩字與叢刻本不同，可能是誤排所致。此次整理，以詩詞數量最多、影響最巨的榆園叢刻本憶雲詞爲底本，以武林鴻文齋姚氏刻本、王鵬運四印齋鈔本、榆園初刻本來對校，以國朝詞綜續編、清詞綜補、篋中詞等選本來參校，又從西溪梅竹山莊圖題詠、是程堂倡和投贈集等文獻中輯得蓮生佚詞數首，仿照許增體例，以『憶雲詞集外拾遺』的名目附在其後。

王欣夫先生曾輯録蓮生佚詩，並云：『詩以人存，録之以俟他日重刻憶雲詞者之補遺。』（蛾術軒篋存善本書録二項先生詩一卷）憶雲詞最早便是由杭州的書坊鏤板行世，這次又由浙江古籍出版社來印行蓮生著作集，若有冥契在焉。應出版社路偉先生之邀，我將憶雲詞和湮没已久的小墨林詩鈔、小墨林褉著一併加以點校，將蓮生著作完整地呈現於世。這或許是對這位傷心詞人最好的告慰，同時也能了卻王欣夫等前輩學者『以俟他日重刻憶雲詞』之心願。只是本人學力有限，點校中一定存在着缺陷，敬請方家與同好不吝指出。本次整理，得到南京大學馮乾兄與温州大學陳瑞贊兄的大力幫助，在此表示衷心的感謝。路偉先生認真負責地編輯全書，還幫我一起搜尋蓮生資料，劬心勞力，多有付出；我的研究生才峻同學在文獻獲取上出力不少，一併誌謝。

曹明升　丁酉深秋於梁溪蓮蓉園

目録

小墨林詩鈔

焦尾琴

枯蘭集

蹇驢集

睡隱盦囈語

小墨林襍著

憶雲詞

憶雲詞甲稾

憶雲詞乙稾

憶雲詞丙稾

憶雲詞丁稾

小墨林詩鈔

焦尾琴

向來作詩苦力弱，遂刻意爲詞。己丑冬，敝廬不戒於火，詞以鏤版幸全，而詩無存者。顧性靈所寄，時時到心，憶而録之，十得三四，題曰『焦尾琴』，即前人以『燼餘』名集之意，非敢邀賞音於爨下也。

幽　蘭

幽蘭媚春半，密篠垂秋陰。猗彼静女姿，識此君子心。芳華幸自保，翠褎還獨吟。湘絃一再撫，日晚無知音。

泊塘棲

煙水蒼茫一棹歸，野灣疏柳帶斜暉。今年多雨低田没，又見蜻蜓接翅飛。

題子敬洛神十三行帖後〔一〕

當筵平視獨狂生，離合神光四坐傾。底事陳王空想像，不將筆札付劉楨。

春江持櫬愛官奴，桃葉桃根入畫無。東晉風流人不識，凌波爭寫洛川圖。

【校】

〔一〕此二詩天頭有批語：『此二詩可删。』

題董文畫山水障子

醉眠一夜風雨秋，黄塵散作煙光浮。張我高堂之巨障，一洗萬古人間愁。嗚呼董巨不可作，坐覺我輩煩雕鎪。華亭尚書契真宰，四溟五嶽豪端收。輕煤澹染得蒼潤，形質刊落菁英留。我昔此圖未到眼，若非海岱疑神州。大嶺峩峩白雲斷，敻谷窅窅蘩篁脩。疏鐘摇衍寺空際，亂帆滅没江中流。山縈路繞境忽變，不知何處猨鳴幽。天青無人日初曙，定有仙姥騎鯨遊。玉女臨峯整螺髻，湘娥隔水凝清眸。欲往從之此何所，但恐風引蓬萊舟。我愛游山足未繭，開圖夢想無時休。石田茆舍卒未有，眼前何地營糟邱。不如移家畫中住，舢船一櫂滄浪洲。

小樓逭暑

喬木陰陰影不分，曉風樓上酒初醺。鳥聲忽斷微聞雨，山氣全昏半是雲。蕉葉琴横烏几净，柏枝香借鵲鑪焚。北牕更有閒眠客，誰寫羊家白練帬。

落花

一樹穠雲踠地殘，苦留鶯燕伴春闌。生無俠骨飄零易，縈住芳心擺脱難。携籠人歸深巷靜，捲簾風急小樓寒。青泥壁上桃花紙，多少新詞不忍看。

春日泛湖同李西齋堂作

孤嶼平隄接，重城一水環。湖明疑浸日，雲薄不遮山。穉柳如人弱，嘄鷗笑客閒。畫船乘兩槳〔一〕，酩酊載春還。

【校】

〔一〕『兩槳』，原作『兩漿』，形近而訛，今改正。

西谿村舍

西崦梅花路，雨餘沙水清。下帷延竹色，倚枕待松聲。小市炊煙薄，長林夕照平。無人共來往，吟到月華生。

題性上人蘭若

得閒來問訊，便覺老僧忙。琴爲繙經廢，茶因覓句嘗。引泉通野圃，移竹放斜陽。了悟無生理，看雲卧石床。

古　意

春風吹柳色，緑到武昌城。鏡裏蛾眉改，書來馬角生。别深愁有路，境苦夢無情。君問長江水，知人心不平。

悵悵辭三首

迢迢冬夜長，恩情一何短。以石投海中，相思填不滿。鯉魚尾，猩猩脣，酌酒勸君君莫嗔。君口雖甜我心苦，城上烏啑淚如雨。

刴上琴，一弦知一心。何爲對我長呻吟？

不願爲天上星，一東復一西。不願爲山上林，見高不見低。願爲君家雀與雞，夜夜傍君門户棲。天漫漫，風凄凄。心事説不得，人人看我朱顔黧。

遊蘭亭

寒食村村布穀鳴，柳絲煙裊弄新晴。一生衹學蘭亭面，今日山陰道上行。

茂林脩竹近無多，空有碑亭罥女蘿。風景已非陳蹟在，一池春水浴羣鵝。

朱翁子墓上作墓在嘉興東塔寺

道上謳歌老負薪，餓夫竟作宰官身。故妻肯饋墦間食，長使蛾眉冷笑人。

故鄉衣繡氣如雲，守邸何繇識使君。五十年中恩怨了，一袈裟地剩孤墳。

姬人寫羅虬花九錫索詩

江南四月景初溽，宿酒扶頭睡不足。阿嬌新試衍波箋，紈扇生衣明似玉。愛寫羅生九錫文，含情笑問花榮辱。我聞好花如美人，萬紫千紅競粧束。東皇一顧春風香，坐費黄金疑種粟。微雲澹日争寵光，細雨輕煙賜熏浴。曉露分頒碧玉卮，晚風催撤金蓮燭。亭北傳呼學士來，殿頭教就梨園曲。一家秦虢鬪豪華，礬弟梅兄竝甄録。畫檻平鋪宰相隄，錦幡高建將軍櫜。承恩私喜椒蘭親，失意終嫌桃李俗。盡道當年錫予隆，誰知轉盻春歸促。於今無復聽鸎唬，且向中山醉醽醁。花枝榮落會有期，未必男兒長躑躅。請爲郎君舞柘枝，桐陰一院斜陽緑。

山塘曲四解

處處咽笙簫，年年浸羅綺。十里斷腸花，一曲銷魂水。
閶門折楊柳，楊柳只藏烏。便結千絲網，西施網得無。
上得琵琶弦，啼殘子規血。莫道不知愁，愁深無處説。
人道千人石，生公舊講臺。如今明月夜，祗有篴聲來。

渡揚子江

落日海天濶，挂帆揚子津。亂雲如馬走，愁煞渡江人。

晚泊茱萸灣

挂席渡江晚，偶然成旅遊。臨風一長眺，塔影月中流。碧瓦開行殿，紅旂颭客舟。上方鐘磬遠，燈火是揚州。

拜史閣部衣冠墓

嶺上梅枯戰血腥，昔年冠劍閟精靈。孤軍尚欲然灰燼，尺牘猶能照汗青。黄左弓刀雄幕府，陳隋花月小朝廷。君王正演春燈謎，不信淮南落將星。

過淮陰祠

無復登壇擁萬屯，靈旂風雨黯城根。釣臺終古臨寒水，社鼓何年賽遠村。三族已隨功狗盡，千金空報婦人恩。狂吟未免傷君意，我亦重瞳一耳孫。

歸舟絶句

秋陰一路送鳴蟬，白鳥驚飛破渚煙。盡日船牕看不足，九龍山在夕陽邊。

挂席名山竟未逢，薄遊心事久疎慵。吴孃莫唱瀟瀟雨，且聽寒山夜半鐘。
金閶門外水迢迢，中有吴宫怨未消。估客喧争眠不得，始知船泊渡僧橋。
笠澤蒼茫落照微，鱸鄉亭下水禽飛。經過只有垂楊識，曾送詩人一舸歸。
臨水人家短竹籬，平江風物最宜詩。蓴香酒熟銀魚賤，願着蓑衣學釣師。
水田千頃種蔆花，樓上珠簾捲落霞。回首煙波空自笑，出門一步是天涯。
范蠡湖上秋月生，三塔灣頭秋雨清。兩岸蟲聲落如雨，倚船吹篴到天明。
布帆衝曉露華凉，載酒江湖自覺忙。又到臨平山下路，西風十里蕅花香。

戲贈醉僧

寥寥誰解閉關心，但有鐘魚答醉吟。千偈盡歸人影月，一梧休問去來今。龕同彌勒尋初地，圖倩僧繇得賞音。我爲儒冠太拘束，鑿坏與爾共浮沉。

横塘曲

郎來長干里，門隔横塘水。阿姊相呼去採蓮，宛央飛入層波裏。秋月暎紅粧，秋月濺羅裳。莫悲蓮薏短，祇覺蕅絲長。蕅絲長，蓮薏短。十步是兒家，郎還嫌路遠。

婕妤怨

蘭風吹秋一千里，湘煙倒捲芙蓉水。流蘇雲錦壓愁香，二十五更明月裏。合懽雙枕夢迢迢，玉筦金鋪鏁阿嬌。仄影涼生新寵斷，守宫紅在舊恩銷。空勞翠燭憐光彩，不見容華鏡中改。鉤弋宫中夜夜秋，昭陽歌舞春如海。

難忘曲

堂前梔子花，門外合懽樹。咫尺水精簾，瓏璁浸香霧。戲蝫弄春晴，嬌鸎留日暮。淺墨小屏山，上有西江路。

玉山道中

居然席帽走天涯，昨夜封書未到家。十里翠屏關下路，曉風開徧馬纓花。

舟過弋陽

不如沙上鳥，來往弋陽谿。行役坐何事，鄉園夢已迷。孤城臨水閉，落日向人低。及早挂帆去，哀猿夜夜啼。

瑞洪夜雨

急雨下彭蠡，長江萬馬鳴。風横黐水立，雲重壓山平。衹益詩情壯，難教旅夢成。誰憐病王粲，獨客豫章城。

月夜抵南昌

歸心已逐大江流，艢艣中間一葉舟。未解憶人兒女小，同時作客弟兄愁。魚龍寂寞悲長夜，鴻雁蒼涼入暮秋。獨有多情南浦月，爲分清影照杭州。

寓齋海棠秋後作花

尚有牽牛倚短墻，木犀開後鞠初黄。無端一露東風面，妬殺滿階秋海棠。

芭蕉夜雨客愁深，如此清寒恐不禁。莫向西風嘆顣頞，秋花顔色更傷心。

與李元卿盟詩章水即和其投贈之作

十年詞賦壓南州，錦帳琱旗據上游。肯爲貲郎依狗監，請從盟主割鴻溝。樓臺月鏁千家夢，吴楚江連萬里秋。携手黄城傷往事，濁醪誰賽潁陰侯。

留元卿夜話

寒雨敲窗欲冰紗，暗風欺燭不成花。一聲孤雁雖同聽，君夢江湖我憶家。

春　感

誰令騎馬客天涯，纔説西湖便憶家。官閣一春惟聽雨，江城二月未看花。病懷漸欲疎詩卷，長物何妨剩畫叉。忽夢去年行樂事，玉樽金縷鬪琵琶。

送李元卿歸惠州

君家羅浮山，夢騎蝴蝶長飛還。我家曲江曲，門前春水連天緑。一朝不稱意，擊筑來江西。逆旅逢君把君臂，問君何事猶栖栖。君曰漂零偶然耳，傲岸多因讀書始。十年磨劍無人知，五陵結客今休矣。少年佻達黠且癡，彈棊握槊皆能爲。連牀奏伎竹與絲，酒闌更竊鄰家姬。千金散盡苦不支，掉頭不顧日賦詩。妻孥訕笑童僕欺，出門逐伴天之涯。前年西走咸陽道，黄雲拂面朱顔槁。去年浪蹟姑蘇城，吹簫十日知音少。彭蠡秋涼雁鶩高，側身天地孤飛鳥。罵坐當時薄灌夫，依人今日辭劉表。南浦停船欲問津，與君相見劇相親。請看行李淒涼色，同是江湖落拓人。幾見蛟龍投瀚海，可憐騏驥落風塵。鬱孤臺下雙蓬鬢，惶恐灘頭一病身。我聞此語愁千結，回頭卻望西湖月。碧水丹山半月程，春蘿秋桂經年別。落日江城噪暮鴉，離筵歌管襍悲笳。家山近隔桄榔樹，破帽羞簪勺藥花。臨行重折章門柳，相思應寄浮梁酒。猨鶴將迎問故人，青春失計君知否。君不見，右丞瀟灑安枯禪，一官且託琵琶絃。拾遺琴碎無人憐，杜陵屋破厨無煙。樊南窮凍長江死，從古詩名不值錢。我曲未終君已去，我亦東歸買山住。

臣里一百韵

旅夜與客譚，偶及静志居風懷詩。客曰：『向來百韵詩皆擇寬韵，否則難免捉襟見肘。』余曰：『姑試爲之。惟欲盡洗綺羅薌澤之塵，誠難之難耳。請限韵。』得六麻。明日詩成，相與一笑。

小小居臣里，比鄰近狹斜。九齡工娩嫿，七葉出瑯琊。詞賦東阿惑，臙脂北地誇。祇貪看衛玠，不肯嫁秦嘉。學繡常隨母，從征未替爺。過墻縈薜荔，到巷認枇杷。街卧金鈴犬，門嘶白鼻騧。旋聽魚鑰啓，何用獸鐶撾。岫可名巫峽，谿仍號若耶。湘皋貽楚蕙，瀛島乞胡麻。爲喜經遊熟，方知院落奓。雕闌環窈窕，芳植蔭文衺。紙醉明牕浄，椒泥素壁塗。緗幮黏紺婕，銀釦餙紅蝦。幔捲冰綃潤，奩開鈿鏡谺。熏衣篝局餪，試墨研池漥。砌静苔紋滑，巢深鳥哢譁。侍兒皆入畫，弱妹尚垂丫。記昔聞題絮，於今媿倚葭[一]。搴幃遲絢繶，肅容整鬖髿。衽斂鏗璚珮，鬟低插寶珈。籠鸚呼姓氏，箏雁數年華。翡翠尋珍偶，蘭苕茁嫩芽。憐才誰説項，和曲最麪巴。卜夜邀懽醼，高城響暮笳。饌携青漆榼，梧捧紫茸茶。橘柚包山實，棠梨渤海柋。宿酲消橄欖，異味薦鱨魦。盤餉頻婆脯，甌盛芳蔗沵。寸衷期婉娩，媚態更宗窐。月瑩房朧水，風摇爝映樺。蜀桐挑義甲，嶰竹引清哇。囉嗊音要眇，都良氣窅窊。粧應稱閑埽，坐每愛趺跏。倦覺篦頭嬾，羞憑便面遮。梅屏閒睡鴨，梧井歇嘑鴉。久視翻成默，將辭轉自呀。帳疏披越縠，褥輭襯賓幏。願作同功繭，偷藏繫臂紗。肌嫌妨蜥蜴，耳厭聒鵞駕。綵縷連長命，珠囊解辟邪。籠衫團短袜，剗韈換輕⿰革沙。顰蹙纖眉黛，頳匀膩臉霞。星眸防捉搦，仙爪喚搔爬。撲朔迷雌兔，端詳笑艾豭。麝臍香結蔕，蠭股蜜含葩。誼許投醪固，宵祈置閏賒。牽牛天上婿，飛燕漢宮娃。既種銷魂樹，恒棲接翅⿰革鳥。時時停綫管，往往擫琵琶。龍腦蒸檀篆，犀株琢炭撾。雙鉤橅李衛，六法擬錢鏵。南陌猶聯騎，西陵總共車。釵由鬭草索，船趁採菱划。碎璧搓庭雪，圓璣撥沼遐。木樨穿細蘂，茉莉綻幽荂。戀被飜波綠，侵檐任日赮。拍生調阿濫，誓密禱耆闍。祕戲憎囮雉，嬌嗔傚怒蛙。芙蓉非隔浦，鸂鶒摜眠沙。顧我偏多痗，而卿太嗜痂。酒狂規杜牧，吟瘦勸劉叉。豆蔻遺盈握，荼蘼贈滿杈。一朝傷梗泛，兩暑滯雲涯。謎破三更棗，盟寒五色瓜。曾收温嶠聘，待珮甯乘緺。妄冀迎桃葉，空教怨柳花。千絲雖有網，百斛奈無鎈。世事紛張角，余情慎恣夸。病纏難問鵲，癡極卻如蟇。髩鬅鸞羅罥，悽涼鳳泣笯。孤悰悲宓枕，吉瘮斷鶱楂。掩抑揮鵑血，倉皇搆鼠牙。莫愁愁欲死，比玉玉留瑕。眯目朱爲碧，傳訛藕當笳。行行叢棘刺，處處撼罘罝。逼甚遭擒虎，恩深感押衙。觸機危鳸鷃，搜伏脫麏麚。失足緣巢枳，酸心類噉樝。疑蹤驚幕燕，幻影怯弓蛇。室閉凝釭黯，亭欹甃徑汙。蜉蝣沿莞蒻，熠燿閃蓬芭。拂桁帬懸蟢，巡廊檻綴蝸。梁塵惟罥瑟，缸醖敢浮醝。屈戌寧堪訴，參差詎忍拏。故交拚訣絕，新鬼竟揄揶。脈脈彌添恚，愔愔遂積瘕。銜書逢閬鶴，補恨祝神媧。僕以漂零苦，因之意嚮差。冬郎誠薄倖，春女漫齎差。卷裏真真在，樓中盼盼遐。衾餘韓壽馥，箋憶薛濤姱。萍泊難禁浪，蓮枯枉鑿洼。關河纔咫尺，煙雨汎歸艖。緣豈忘陶穀，媒終締子奢。定能重繾綣，休改舊鬣髽。藥好評量服，餐須次第加。幾番懷躑躅，此後是頻迦。隱語還思否，離憂要減些。詩篇和錦段，寄與謝孃家。

【校】

〔一〕『侍兒皆入畫』至『於今媿倚葭』，天頭原有批語：『「侍兒皆入畫，弱妹尚垂丫。記昔聞題絜，於今媿倚葭」，在「巢深鳥哢譁」句下。』據之補入正文。

有示終南進士圖者畫進士據長松頂數鬼揶揄其側下則激水懸崖枯藤罥絡吁何爲也綴俳體二十三韵

一鬼頓足赤兩肩，一鬼觳觫不敢前。一鬼咋舌仰看天，虬髯進士嘯樹顛。斷崖落水鳴濺濺，糺根怪石相鉤連。吁嗟進士無一椽，跛驢歸去今幾年。不能振翮凌飛仙，徑思孤據終南巔。登高而呼誠爾先，教猱升木奚懵焉。失聲一墮百丈淵，咄哉性命豈得全，不然亦被籐蘿纏。畫師設想殊可憐，要從遊戲尋真筌。古來王道稱蕩平，胡爲攀附求高騫。功名瞥眼如朝煙，置身何必青雲邊。我還君畫心超然，六月虛堂聽雨眠。

得　歸

秋屏閣外倚歸船，回首重城思悄然。浪蹟偶同張仲舉，浮名不付柳屯田。江湖滿眼留殘客，風雪關心度瘦年。幸是南州知己少，更無清淚灑離筵。

歲暮過桐廬

玉簫悽斷櫓聲中，不是煙波載小紅。吟得詩成憶潘閬，冷雲催雪壓孤篷〔一〕。

【校】

〔一〕『孤篷』，原誤作『孤蓬』，據詩意改。

夜泊九里洲

風迴沙尾月沈煙，半夜寒香到枕邊。若使梅花解留客，不妨船裏過新年。

題瓜疇小景

鬢絲禪榻野亭虛，門外應無載酒車。獨訪鄰僧過橋去，晚風吹掩讀殘書。

將遊新安留别

歷歷征帆挂旅愁，茫茫極浦見層樓。獨銜寒食清明雨，去作黄山白嶽游。小别有期撡一月，相思無用説三秋。春江徧是桃花水，只欠垂楊送客舟。

遊海陽落石巖

世間奇蹟無不有，白雨穿山山骨朽。不信飛來天竺峯，層潭突兀生岡阜。若非巨靈擘，定是媧皇留。何爲百破碎，萬古嵌蒼洲。澗底寒雲凝不流，水枯石出魚龍愁。平者曠如席，削者僅容屐。皺爲荷葉紋，渲就土花碧。可投一竿釣，或面九年壁。赤日照不到，雷風相盪激。中有一石險更奇，欲落未落今幾時。山鬼夜哭薜荔濕，峽猨晝挂藤蘿垂。鳥道漏崖巔，鐘聲度林縫。龕佛久頹唐，殘僧猶諷誦。入谷誰知屐韈穿，拂衣始覺煙霞重。割得玲瓏尺幅歸，旃檀施作維摩供。

白嶽紀遊

嵽嵲隘空明，金翠鬱綺組。何年渾沌破，鑱削得鬼斧。層巘閟頑陰，刲石歷邃古。嶺亘衍成蹊，壁立突似堵。裒如赴蠒蚳，嵔若蹲路虎。坤靈氣母結，天轘此撑拄。一綫瞰重關，飛梁嘯鼯鼠。砉竇錯蘧房，逶迤儼廊廡。懸溜空中旋，噴薄連萬弩。側經羅漢洞，欲入心恇恇。默黑不見底，白晝宜秉炬。下聞泉錚鉉，笙簧襍鐘敔。滙爲十畝塘，居然小銀浦。蛟螭恣恍惚，風霆倏吞吐。赤腳未敢濯，先愁鬼神怒。徑轉陟天梯，嵐氣落眉宇。危磴半欹傾，枯籐隨仰俯。峩峩文昌宫，窅窅仙人塢。千佛湛員光，三姑争媚嫵。虬松肖黄海，琪花秀縣圃。諸天紫玉屏，環峙芙蓉府。紺殿肅清都，金堂祀真武。竇相謝雕繪，真氣驚牖户。傳聞百鳥成，原是一坏土。莊嚴五老拜，拱翊萬靈舞。左嶂矗星旂，右崖建鼉鼓。對面香鑪峯，披煙散平楚。還尋捨身石，石斷荒蘚阻。旁有睇元閣，如今翳榛莽。出郭露未晞，到此日卓午。隱隱雷車鳴，誰知滿城雨。山門兩道士，蘚苫向我語。引我憇丹房，松蘿石銚煮。云是龍涎水，一瀹沁肝腑。示我游山圖，奇境難具舉。靈峯七十二，足迹猶可數。九井惜沈埋，雙崖多岨峿。其餘更幽僻，耳聞目未睹。今作一日遊，不得十分五。我未裹糧來，誰爲東道主。揮手别煙霞，一步一延佇。七里下山腰，低頭見汀溆。回望南天門，蒼蒼迷處所。嗟我氛垢深，急景促行旅。何時縛芒鞵，採葯招勝侶。留兹未了緣，終期後遊補。

悼女

繞膝盈盈日幾回，左思殤女不勝哀。生同蘭薤傾朝露，死共琴書付刦灰。應有斷魂棲瓦礫，空留殘骨赴泉臺。病懷從此增騷屑，愁數花甎月影來。

誰遣

誰遣飛瓊下碧城，空聞神女上瑤京。月臨鏡檻秋無影，風落琴牀夜有聲。來日苦多非去日，今生未卜況他生。此情若待成追憶，地老天荒總不平。

枯蘭集

寅、卯、辰三年所作不多，皆幽憶怨斷之音，存之重傷余心也。以『枯蘭』名集，蓋取諸昌谷之詩。

夜坐吟

墮瓦葉已乾，射隙風更悄〔一〕。街鼓禁無聞，帷燈耿相照。癡雲催雨壓頹檐，月黑天低鬼車叫。此時獨坐心茫茫，悲從中來不可當。泉下無人寄消息，今年秋夜爲君長。

【校】

〔一〕『悄』，原作『消』，此處當押仄聲韵，『消』字二蕭韵，今改作十七篠韵『悄』。

傷心行

抽空絡緯絲，望斷芙蓉渚。南山夜半秋，羈魂奈何許。花蟲毵羅韈，草螢迎漆炬。風月泠相看，琵琶哽不語。

娃兒行

張家阿倩嬌可憐，十三能上琵琶絃。癡銅無光蟾兔缺，豆蔻衫凝唾壺血。籠燈簇絳紗，催上七香車。麐帶拖帬重，蟬釵壓髩斜。一夜東風留不住，曉鶯嚛殺路旁花。金鞍繡帽誰家子，不見米樓連苑起。任是無情紈袴兒，今生直得繁華死。獨有牆東舊比隣，緑陰青子感芳春。莫將蘇蕙機中錦，錯贈崔徽傳裏人。

房中思

箜篌且莫彈，再彈無好聲。長歌續短歌，一歌傷我情。十二學梳頭，十三教絃索。十五到君家，誰知妾命薄。君費千黄金，買妾不買心。珊瑚空作枕，夗央空作衾。君家白玉堂，中有雙飛燕。妾是菖蒲花，花開君不見。舊歡不可思，新歡那得知。請君看妾貌，何似未來時。

過亡姬殯所

偶趁暄晴出，獨行谿水濱。嚛鶯漫相問，不是看花人。一别瓊臺路，三年錦瑟塵。傷心寒食雨，無酒酹青春。

吴山夜飲

夜半月沉山，重城煙靄間。樓臺萬家夢，天地一身閒。且盡羔兒酒，聽歌雉子斑。秋風感潘岳，蕭颯損朱顔。

輓李西齋堂

當代論詞手，如君復幾人。賞心吴祭酒，吴穀人先生。具體厲山民。作客江湖永，全交氣味醇。文章太鑱削，踪跡亦沈淪。癖飲終成痼，耽書不救貧。近聞牀易簀，久已釜生塵。絶調憑誰和，知音獨我真。蘋洲漁篴譜，一讀一傷神。

晚涼

尋思不是前生事，尚有雲藍扇子知。庭院晚涼人半醉，碧桐陰裏卸頭時。

殘書

藥裹牕糊總不全，何妨過眼作雲煙。心灰久已供蟫食，面破多應被鼠眠。强借一瓻參脱簡，竟從無字證枯禪。他時難免兒曹厭，如此蘘殘直幾錢。

破研

畢竟磨穿也是癡，玉堂新樣更誰知。一聲擲地成飄瓦，半段留銘似斷碑。祇剩微凹霑墨繡，空將缺角辨紅絲。蕭孃曾借琉璃匣，乞與粧臺好畫眉。

敗筆

老不中書獨愴神，兔園何處認前塵。簪毫自覺頭銜貴，脱帽方知骨相貧。尚有塚埋寧負汝，更無牀卧亦羞人。年來食肉還思否，慚愧江淹夢裏身。

鈍劍

彈鋏無端黯恨生，芙蓉淬水只虛名。一人似此難爲敵，萬事如今任不平。繡蝕土花連匣壞，光斜隙月借燈明。折來原是尋常鐵，漫説當年百鍊成。

壞琴

曾聽湘娥刴上彈，一回披拂一汍瀾。似經爨下唇全缺，久貯囊中足亦殘。續有鸞膠嗟我懶，斷餘蛇腹付誰看。無弦冷笑陶彭澤，從此知音覓更難。

落葉吟

嗟乎！中年以後，别離之夢居多；來日大難，愁苦之音易好。屈原未死，託興芳蘭；庾信悲秋，寄情枯樹。有由來已。僕三帀無枝之鵲，五更抱樹之蟬。值此蕭辰，能無涕下？欲招魂於逝水，指黄土以爲期；終遺恨於哀弦，望碧雲而遽合。數有傷心之事，遂爲落葉之吟。

忽驚一葉下疎桐，振觸離懷唱惱公。油壁車回香徑冷，玉清簫遠畫樓空。向來愁緒如芳草，從此生涯是轉蓬。我願乘槎到銀漢，直教無樹起秋風。

芙蓉瑟瑟倚空江，楊柳無多半是樁。舊約尚思挑菜渚，秋聲已到讀書牕。紅兒老去羞呈舞，青女功成盡受降。莫聽梅花隴頭曲，胡笳昨夜换新腔。

秋盡江南思愴然，平蕪極目渺蒼煙。緑藏山徑迷歸鹿，黄折松枝墮蜕蟬。點滴似聽荷葉雨，淒涼又過鞠花天。如何一様逢摇落，付與詞人倍可憐。

江城十里俯晴郊，一帶菰蒲映白茅。金地忽看開梵宇，緑天何處認書巢。影隨流水瀠洄去，聲逐寒碪細碎敲。不似春華有人惜，等閑飛積滿山坳。

登臨無處不相思，今日深知宋玉悲。渭水高風人去遠，洞庭波冷夢歸遲。空聞絡緯啼寒素，豈有嬌鸎戀舊枝。蘆葦半乾楓樹老，芭蕉摧折又多時。

都從昨夜夢中聽，策策悽悽打破櫺。堆徑漸迷荒蘚緑，開門惟見遠山青。一天横雨催孤雁，滿地涼雲宿亂螢。畢竟芳華易消歇，不教蒲柳獨飄零。

新愁似草未能删，往事如雲去又還。舊雨不來嗟歲暮，夕陽無限笑人閒。天低蘆荻蒼茫裏，秋在關河慘澹間。莫恨垂楊管離别，年年經得幾回攀。

前年秋盡客江西，到處黄雲送馬蹄。亂打征袍晴亦雨，平鋪沙磧浄無泥。五更吹角鄉關遠，九月聞碪旅思悽。孤館一燈人作夢，不堪夜夜子規啼。

如今寥落掩空齋，秋桂春蘿事事乖。浮白漫消閒歲月，題紅非復舊情懷。繁霜有意欺鴛瓦，涼露無緣溼鳳鞵。始覺枯禪滋味好，自燒野菜拾松釵。

親種紅薔與翠薇，繡簾塵鏁暗斜暉。曾留乳燕輕盈語，也逐驚烏下上飛。金谷樓中美人死，玉津園裏勝游稀。繁華到底成何事，滿地江湖淚染衣。

湖上新晴錦繡紋，自經凉吹日紛紛。深埋澗壑真如我，飛徧天涯亦任君。忍把清歌教絳樹，願將坏土瘞朝雲。曝衣樓外無人影，一縷孤煙漾夕曛。

白蓮池畔蹔移居，爲有濃陰罩野廬。冷淡漸如名士老，蕭條卻似故人疎。煨鑪儘可支殘火，埽地真成校誤書。差喜聞根較清静，一墻蘿月夜牕虚。

當時辛苦競韶華，空有横階瘦影斜。風裏悠揚疑病蝶，月中清楚見棲鴉。前身未作沾泥絮，今日翻爲短命花。縱使沿波隨斷梗，不知何處是天涯。

闌干石斷紫苔深，剩有飄殘滿地金。雲破月來煙渺渺，草枯天遠信沉沉。白楊本是消魂樹，青塚應知異日心。寄語西陵松柏路，莫教蟋蟀訴哀吟。

題羅江東詩集後

展卷蒼涼百感生，忍將詩酒換浮名。乃公縱有千秋在，若輩惟知一第榮。衹見緋衣稱供奉，空留白褐泣雲英。由來才士多漂泊，不獨傷心禰正平。

和王新城秋柳詩四章

垂垂一樹黯銷魂，病怯西風尚倚門。瘦骨自憐明月影，長眉新減遠山痕。愁逢旅雁傳寒信，冷送歸鴉過別村。欲譜哀蟬入琴曲，么絃摧折與誰論。

不禁歸鬢點吳霜，蕭颯菰蒲共野塘。剪剩青絲羞對鏡，壓殘金綫怕開箱。曾將玉貌憐張緒，無復纖腰侍楚王。記得雙鬟風障褭，閒情都付碧雞坊。

小蠻初嫁不勝衣，一別章臺事事非。殘月曉風新夢短，酒旂歌板舊遊稀。空隨落葉沿波去，只見寒蘆學絮飛。還是昔年辛苦種，芳菲時節忍相違。

長條攀盡復誰憐，極目江潭起暮煙。深院幾家空搗素，客事何事未裝緜。繫來驄馬猶前日，聽到嗁鶯又隔年。若憶西陵蘇小墓，冷風紅舞夕陽邊。

題辛卯落卷

掩卷沉吟更幾回，爨餘誰復問琴材。丹遲一轉亡真永，燭盡三條剩死灰。枉爲蛾眉勞漢使，難將駿骨付燕臺。年年九日黄花酒，慣見劉蕡慟哭來。

無題襍詩

短衣横矟爲誰雄，識字何如兩石弓。敢以文章私狗監，欲將肝膽託猿公。譚詩匡鼎頤難解，講易京房術屢窮。賴有索郎思旅語，眼前得失任雞蟲。

奉旨填詞更幾時，花飛釧動久相思。空調樂府淒凉犯，羞作人間襬䙫兒。往事且教牛礪角，虚名何用豹留皮。沈郎已覺腰圍減，不信能狂定勝癡。

豈有高軒過敝廬，如今每食竟無餘。人言和嶠真英物，我恨蒙莊著僻書。顛倒安能從傀儡，棲遲不稱狎樵漁。鬢絲禪榻尋常事，十載青春恐負渠。

年來世味別酸鹹，從此雌黃口欲緘。今夜伴人唯短檠，我生託子是長鑱。成灰蠟已空流淚，上水船真枉掛帆。老作蠹魚差不惡，也應身到積書巖。

荻花楓葉不勝秋，回首前塵事事休。曾爲牛心傾坐客，難憑燕頷覓封侯。臣之壯也猶三北，我所思兮只四愁。嗟爾天邊斷行雁，飛鳴還作稻粱謀。

于今無復氣飛揚，斫地歌終黯自傷。失意篇章多隱約，背時蹤蹟半荒唐。錦囊未足填詩債，雲笈何曾製睡方。冷抱孤琴向誰訴，黃泉碧落兩茫茫。

絲斷香銷豈夙因，拗蓮作寸麝爲塵。難尋青鳥書中約，已換紅羊刦後身。百隊錢刀供熱客，一天風雪付寒人。壯心漸與穠情減，錦瑟吟成淚滿巾。

厭聽絲竹怕聞歌，長篴聲中喚柰何。了了鴻泥留指爪，迢迢鷗夢隔煙波。月娥應悔偷靈葯，山鬼空知被女蘿。閒殺龐眉苦吟客，一生心事感秋多。

蹇驢集

戴刻源曰：『長安多車馬塵，非論詩所也。』余以壬辰十二月偕計吏北發，癸巳十二月南歸。檢篋中詩，止此而已。感前人下第詩『跨驢人老落花中』之語，謂之蹇驢集焉。

别内

豈是無家别，殘年更遠遊。平生未了事，君莫問吴鉤。

失學非兒懶，啼寒爲我窮。父書如肯讀，累汝日丸熊。

吴趨寓公行贈江二丈鳳彝

出門十日雪滿天，今日雪晴風又大。篙工蝟縮不肯前，碧翁作劇誰能那。亟走吴趨覓寓公，巷無人行泥堀堁。寓公騷雅江文通，少蹋名場老懶惰。全家賃屋近婁門，爲愛靈巖青錯磨。平生耆好獨金石，蠆尾銀鉤日自課。周秦兩漢得師友，洪趙歐陽同切磋。看囊無錢百不憂，風雪關門支腳卧。夢中正賦懷人詩，而我翩然忽相過。寓公夢醒詩不成，一笑拉之坐上坐。自我不見今三年，問我三年何所作。我生離披豈可説，痛定回思氣猶愞。多難安能更治生，何況人情欺坎坷。仰屋空思殿穀方，著書但有招魂些。向來奴視紈袴兒，大馬高車顧而唾。或呼狎客賽樗蒱，不則歌樓醉婀嫷。宿逋歷落擔兩肩，今雨尋常無一箇。揭來草草長安遊，席帽衝寒聽鈴馱。江水茫茫天漠漠，纔上吴船便心癉。公曰人生有通塞，君之斯言殊已左。老夫七十將何求，意氣麤豪不摧挫。拍張逕欲凌王侯，束縛難甘事參佐。羨君文采今鄒枚，夕賦梁園曉傳播。王粲登樓亦偶然，馬卿入蜀寧長餓。語次張燈爲治具，黄雀剥羹蜻鮓剉。知我小户勸一觥，便促厨孃煮紅糯。酒闌燭跋語不休，街鼓催人去無奈。路滑愁聞僕夫罵，夜深錯被遊兵邏。歸船擁被鼻作聲，坐使巴童嘲李賀。平明急足持送詩，白戰不工聊且和。風小還須一日留，昨夜流冰嚙船破。

過吕城遇西安兵船南下

夜醉蘭陵酒，輕帆又半程。江湖鷗浩蕩，風雪雁縱横。淮北猶傳餉，天南未罷兵。書生竟何用，愁過吕蒙城。

夜泊丹徒

獨客一孤舟，凄涼過潤州。虚名鸚鵡賦，長物鷫鸘裘。積雪明城堞，殘燈隱戍樓。侵晨是江北，回望迴生愁。

舟中聞雁

縹緲江空數雁鳴，朔風吹夢落蕪城。相逢同是天涯客，爾尚南飛我北征。

除夕次氾水

阻風兩日逢除夕，無餤寒燈闇客艘。想得故園分歲了，計程今夜宿清江。

正月二日渡黄河

蓬轉何時定，新年一日過。北風吹急雪，獨客渡黄河。水静魚龍蟄，沙平雁鶩多。江南重回首，無復聽吴歌。

車轆轆

車轆轆，碾山陸。大車行遲小車速，前車揚揚後車逐，一身從此愁顛覆。坐不得伸，困不得宿，渴不得飲，飢不得肉。僕夫猙獰馬觳觫，北風吹沙眯兩目。上車雞未鳴，下車天寒猶蝟縮。噫嚱乎，歸哉！還我青氈飽菽藿，仰屋著書還我屋。車轆轆，使我迴腸隨轉轂。

舊縣謁西楚霸王墓

折木揚沙事偶然，吴雄終不受天憐。眼中碌碌無劉季〔一〕，身後茫茫付史遷。大野愁雲蟠霸氣，長陵坏土黯荒煙。書生尚有窮塗哭，忍見王孫拜墓田。

【校】

〔一〕『劉季』，原作『劉李』，『劉李』無所指，『劉季』謂漢高祖，正合詩意。

過景州董子祠

經術文章孔子徒，荒祠誰復薙榛蕪。申韓黜後初求理，黄老衰時偶嚮儒。已是窮兵勤遠略，惟聞前席問禎符。天人三策分明在，丞相當年恐濫竽。謂公孫弘也。

過趙北口憶江南風景

黄塵僕僕厭征驂，燕趙悲歌我未諳。一片波光迎馬首，眼明今日見江南。

瀛鄚交流淀淀通，煙汀露汕接行宫。春深更著垂楊柳，不獨江南是畫中。

良鄉道中

鞭絲帽影斜陽裏，倦鳥還時客未閒。榆棗林深晚煙薄，馬頭一抹是西山。

大雪過蘆溝橋

雪裏滹沱凍不開，虹闌迤邐接金臺。風連萬騎嘶空下，雲捲千髾列陣來。燕市酒人勞悵望，梁園詞客獨徘徊。長安已到鄉關遠，席帽氊車第一回。

春闈報罷

迢迢鎖院隔春風，車走雷聲信不通。慘緑光陰歸夢裏，輭紅滋味落花中。人憐季子金垂盡，我比江都策未工。擬向豐臺吟芍藥，忍教穠豔對飛蓬。

殘年風雪送征車，彈指流光是夏初。慰惜怕逢知己問，去留難作寄家書。登山臨水懷長惡，學賈爲農計又疏。聞道故鄉春雨足，青苔應徧子雲居。

題明季石砫土司秦夫人書册後

疇昔紅羊换刦年，沙場萬里慘烽煙。空聞石砫支孤壘〔一〕，從此金甌剩一川。亂世譚兵多婉孌，清時寫韻讓神仙。祇今愁讀芝龕記，遺蹟重看倍愴然。

【校】

〔一〕『石砫』，原作『石蛀』，秦良玉爲石砫土司，字或作『石柱』，未有作『石蛀』者，今改作『石砫』。下正文『石砫』同。

睡隱盦囈語

患難以來，人事有不可言者。癸巳下第南歸，葺燼餘老屋數楹，坐卧其中，顔曰『睡隱』。間有吟事，等之夢囈而已。

遊南屏慧雲寺

梅花香到寺門前，十畝春陰護水田。古佛冷依歌舞地，斷碑人説紹熙年。北城新宅雖非昔，南渡功臣幾自全。早結浄因差有意，故宫臺榭渺荒煙。

和家兄子俊花朝坐雨之作

提壺空唤負金蕉，小漏天中度寂寥。賴有新詩要酧和，始知今日是花朝。

西陵西畔水粼粼，著屐能來更幾人。幸是玉梅開較晚，春分留得一分春。

青榆虚費沈郎錢，買斷春光最可憐。已是麥田泥没髁，如今休乞養花天。

年來花月與闌珊，天亦如人淚不乾。檀板玉簫零落盡，新詞自琢與誰看。

舊時樓閣舊池亭，只剩莓苔滿地青。昨夜枯枝風拗折，有人拾得護花鈴。

閒眠閒坐意悵悵，窮巷多泥總未妨。不是百花生日日，也曾悽斷似冬郎。

檐間雨斷正詩成，更放斜陽一抹橫。説與東君好將息，只須依樣作清明。

種　蘭

芳蘭如處士，託生離塵樊。一朝引聲氣，束帛徵邱園。牽率到城市，遂使羣議煩。小儒既耳食，儕之荃與蓀。持此一瓣香，招彼三閭魂。里兒更憒憒，好尚失本原。百金買一幹，觀者來填門。品題論形似，蕭艾徒聲吞。其餘便委棄，不復能攀援。舉以畀貧子，不足易一飧。而我取其廉，種之老瓦盆。光風日披拂，入室香温温。因兹悟物理，固蒂宜深根。反常衆所喜，守素德乃尊。何如老岩穴，榮辱由乾坤。作詩當問訊，諒我同心言。

家兄次余種蘭百六十言見示疊原韵詶之

謝莊不得意，託興懷荒樊。陶潛輕一官，徒步歸田園。人生不自遣，何以驅憂煩。昨歲滯京華，每食思芹蓀。國香入我夢，悅悅悽旅魂。歸來葺老屋，隙地隣山原。願手種樹書，無事日閉門。春風吹庭蘭，臭味供咀吞。夕餐秋菊英，此例吾能援。吟詩要君和，吟苦忘飢飡。君詩率胷臆，快若雨瀉盆。我詩如凍蠅，鑽紙難就温。行當出偏師，語澀恐不根。始知天倫樂，可易人爵尊。不然且括囊，取象六四坤。將花作要約，花與人無言。

晨將出游家兄兩疊前韵見示復呈此篇

久雨得快晴，困鳥忽出樊。胡爲坐兀兀，終日窺兔園。兄曰遊亦佳，襆被誰憚煩。何郎東海彥，國琛。吐語芬蘭蓀。張緒春柳姿，錫俊。濯濯銷人魂。相將覓老阮，從叔爾梅。痛飲追平原。待爾一篇成，同出西郭門。兄才大國楚，雲夢八九吞。迫我若窮寇，力竭欲乞援。冥冥寐猶囈，早起亦不飡。强爲蟋蟀鳴，微細疑處盆。詩至詩未成，搔首忘寒温。轉念又自悔，何苦落鈍根。驕兒立我旁，冷笑渠家尊。湖山久相待，猶作闔户坤。驀然放筆去，已矣勿復言。

拜岳忠武祠墓觀王畫像

白簡忠魂衂，金陀信史編。功名隳剋日，圖畫讓凌煙。憶昔繻初棄，中原鼎已遷。横江雖渡馬，絶域尚啼鵑。社稷凴專閫，荆襄始著鞭。指麾諸將肅，背嵬一身先。羣盜皆摧拉，封狼敢蔓延。軍書方報捷，帝業竟安偏。未抵黄龍飲，誰迎玉輦還。陰謀持廟筭，同輩解兵權。半臂俄忘約，孤衷欲質天。狠逢長脚相，哭對翦頭仙。羅幟連營散，銀缾恨井填。私恩謝宗澤，公憤洩施全。昭雪聞廷議，棲霞建墓田。靈旂時髣髴，頑鐵任磨鐫。卷軸遺徽遠，收藏後起賢。英姿動廊廡，真氣奪丹鉛。髮想衝冠怒，軀曾授命捐。湖山增激烈，絹素託流傳。五國荒城外，千秋舊觀邊。南枝空徙倚，垂涕中興年。

謁陸宣公祠

擾擾興元際，公能一德孚。清風仲山甫，經術董江都。釋褐從郎署，推誠翊廟謨。王畿紛寇盜，國本賴持扶。天上絲綸下，軍中涕淚俱。佞人防豸觸，内相獨鳧趨。慷慨籌兵衛，艱難返乘輿。心惟知獻替，節亦慎廉隅。方倚鴻鈞重，誰明貝錦誣。左遷猶冷宦，薄譴已長途。百緒憎多口，千金剩此軀。餘閒述盧扁，再起迫桑榆。帷幄三年事，文章百世模。闡揚崇異代，肸蠁遍全吴。舊里思同陸，新祠繼有蘇。諍臣名論在，應不愧門徒。

遣悶

飛光與我兩蹉跎，寒食清明夢裏過。欲老是鄉那有此，便彊人意竟如何。小桃著雨紅情減，新絮隨風白緒多。未要天花攪禪悅，冷吟閒殺病維摩。

巢燕

比鄰鸎語隔垂楊，笑爾年年去住忙。四壁青泥芳草溼，一襟紅雨落花香。可憐家室猶陶穴，何苦經營傍畫堂。未忍當門書戊己，暫時相對話炎凉。

烏衣巷口夕陽低，早早歸來路莫迷。傳舍光陰過兩社，秦宮生世總雙栖。秋風破屋遺荒壘，夜月空梁落故泥。門户難持心計短，伯勞相憶各東西。

與家兄出鳳山門散步至勝果寺欲遊南宋女校塲未果兄詩有多君爲我憐腰腳到眼巑岏未許攀之句即同原韵

步屧春光信往還，江城回首夕陽間。花開南宋宫前路，雲放西興雨後山。隔水聞鐘知寺近，到門看竹羨僧閒。由來吊古增惆悵，不是巑岏未許攀。

柳花

澹澹風吹細細飄，禪心對此劇無聊。吴姬酒熟香難覓，謝女詩成雪未消。怪底顛狂易沾惹，是誰凴藉亦扶摇。春來多少離人淚，一夜浮萍緑過橋。

人日和芝生兄作 此詩當列遊慧雲寺之前

相看未有草堂資，自折寒梅自詠詩。雪後湖山莫輕負，春深又是别離時。

西湖明月篇

嚮讀何景明長安明月篇，效初唐四子，綺麗流轉，心竊好之。其序稱三百篇洎漢魏作者，義關君臣朋友，辭必託諸夫婦，以宣鬱而達情。然則四子之作，去古猶未遠也。屬以裒裒勝景，慨念羈遲，誦月出之章，攬風人之旨。吟之斐然，髣髴斯體，亦復徵情閨闥，以暢其思，視千門萬户之辭，則有間矣。因謂之西湖明月篇。至於摹擬形象，宜取譏於刻鵠，又不獨擿詞蕪紊，無復統飭而已〔一〕。

西湖月，年年似今夕。初拂虹霞散綺繒，漸飜蜃海摇金碧。顧兔盈還卻，涼蟾溼欲流。七寶塵鋪紺宇，九枝燈蕋漾瓊樓。瓊樓紺宇湖中水，水光倒暎斜陽紫。山影低連塔影孤，艣聲緩逐鐘聲起。鐘聲塔影兩微茫，十二橋横明月裏。明月迢迢正上弦，春來明月最嬋娟。桃花門掩無金勒，楊柳隄空有翠鈿。誰見姮娥新睡覺，誰知西子晚粧妍。春江何處無花月，春夜何人醉管絃。管絃易闋流光速，春去秋來如轉轂。桂子荷香久寂寥，風裳水佩重膏沐。鼉鼓寒敲廿五更，鮫紗平熨三千幅。愁聽虚堂蟋蟀鳴，忍看孤塚鴛鴦宿。雙宿雙飛過一生，人生何事動離情。且邀湘女絙瑶瑟，不羡銀河吹玉笙。河邊牛女時相見，今古悲懽迅飛電。香騎嘶歸聚景園，暝鴉啼上延和殿。延和殿裏舊人非，陌上花開歸未歸。此際拋殘白團扇，此時疊損縷金衣。别有深閨緘怨苦，羞見團圞又三五。可憐掩袂向横塘，可憐解珮淩煙浦。藕腸纖縷纖春風，蘭眼愁啼泣秋雨。秋雨春風曾幾時，客心望月更相思。願爲明鏡留嬌面，願作珠簾對畫眉。玉臂雲鬟牽遠寤，初三下九誤佳期。佳期好待蘼蕪緑，珍重餘暉伴華燭。松柏猶如蘇小心，琵琶仍唱杭州曲。琵琶再彈月已横，花籤逗曉半牕明。宮鸎恰恰還眠樹，珂馬璫璫蚤出城。朝遊莫待芳菲歇，夜遊莫待逡巡没。但得年年無别離，年年長看西湖月。

【校】

〔一〕『統飭』，原作『繞緒』。明嘉靖刻本何大復先生集中明月篇，序言有『摛詞蕪紊，無復統飭』云云。項氏語本此，蓋抄工筆誤。

家兄用東坡先生子由生日以檀香觀音像及新合印香銀篆盤爲壽一首韵見贈因和涪翁還家呈伯氏詩韵報之

我如騞騞不屑穖，跅弛安能戀芻豆。伯兮深穩步康莊，口雖不言心則醜。秋策周遊秦隴間，家室漂摇風雨後。陶令無田亦折腰，杜陵有弟嗟長瘦。春卿拾材不見收，擔笈歸來愁束手。父書栝棬無幾存，書云孝乎惟孝友。妄意功名遂顯揚，轉以清狂被嘲詬。觀海徑欲乘桴浮，怯敵時聞曳兵走。著書覆瓿古且然，一帚千金今豈有。自愛枯吟嘔出心，何用詩名滿人口。辛苦終成蠶裹絲，荒怪空疑柳生肘。伯兮開我舊書堂，敝笥不扃塵没鈕。愀然貽我雙玉壺，中有氤氳味勝酒。佐之注水一軍持，溉我寸田期不朽。時以于闐玉、河源石兩鼻煙壺及三耳挈瓶水注爲贈。吁嗟乎！安得竟遇鴻毛風，子由無忝蘇長公。唱予和汝伯與穠，天涯地角相追從。壯士由來重知己，伯樂未逢凡馬耳。

蟹　齭

爲爾横行慣，蒹葭劃一方。緯簫當白露，入市趁橙黄。笭箵分漁具，簾櫳界水鄉。取非勞下罶，驅不待鳴榔。近接鱸汀外，斜拖雁渚旁。琴絲秋淅瀝，燈穗夜蒼涼。㲉滿初收霧，膋肥正飽霜。草泥迷舊徑，蘆雪颭寒塘。幾處爬沙急，誰家穫稻香。觸藩空有爪，脱穽奈無腸。小補斂人利，重添酒客忙。江湖歸夢斷，束縛付厨孃。

題康燾畫南唐小周后真四首

正是昭陽返卧時，斷紅雙瞼尚驚疑。畫堂南畔無人見，多事君王一曲詞。

金縷纖纖步玉塵，紅羅憁底暗藏春。六宫早念家山破，癡絶人間快活人。『快活如儂有幾人』，李後主詩。

恣意憐時得幾宵，他年掩面恨隨朝。不如一卷心經字，見佛還應讓小喬。後主手書金字心經一卷，賜宫人喬氏。喬後入太宗禁中，聞後主薨，捨經于相國寺西塔以資薦，且自書於後曰『故李氏國主宫人喬氏，伏遇國主百日，謹捨昔時賜妾所書般若心經一卷在相國寺西塔院。伏願彌勒尊前，持一花而見佛』云云。見宋王銍默記。

不學周郎只貌肥，瘦腰剛稱六銖衣。武林畫史多零落，絶筆於今到眼稀。查初白、厲樊榭皆有題周兼畫小周后詩。『周昉緜來善貌肥』，初白句也。康燾，字石舟，杭人。張庚畫徵録所遺，人無知者；石門方薰山静居畫論極推許之。余所收惟此幀及謝孃團扇小幅。

小墨林襍著

琴　銘

風落萬山，瓊仙夜還。閬無行人，唯鳴珮環。

填詞研銘

我填詞，非奉旨，花間酒邊而已矣。爾獨何爲供我使，隻眼看人淚不止。噫！豈爾生之不辰兮，我將焚爾。

鏡　銘

無無明，非非想，與我周旋一而兩。

筆洗銘

播我文瀾，雲垂海立，此管城子之功也，酬爾湯沐之邑。

錐　銘

客何能？鑽故紙。他無所長，處囊而已。

琴硯銘

天生紫琳，其德愔愔。斲爲無絃之琴，可以寫心。

自然蕉葉硯銘

非蕉葉之白，而取其象。既作如是觀，且作如是想。

閨中小硯銘

可以畫眉，可以寫詩。我心匪石，琴瑟友之。

熨斗銘

物之不平，則攻以火。胡不平？吾心之不平，對曰未可。

斧硯銘

此非風字耶？而胡以斧名？不能携君上玉堂，且聽空山伐木聲丁丁。

界尺銘

近朱赤，近墨黑。尖頭公，維汝翊。循牆而走，是憑是式，此文房之司直。

又

遵彼道岸，如農之有畔。

墨銘

木之從繩也，以爾爲準，而况於人乎？離爾則窘，發爲文章，春蚍秋蚓，是則爾之膚敏也。雖然，不見其損，有時而盡，吾將援枚生之言而爲爾憫。鑒之，鑒之，毋謂磨之不磷，而隨世之泯泯。

又

墨無有不黑，用之弗良，吾有愧色。

鏡銘

爾容即我容，戒之毋面從。

題朱仲青舍人梅月知心圖

北雙調新水令

琵琶撥破鬱輪袍，莽天涯、知音人少。駒塵欺席帽，鴻雪送歸橈。重理詩瓢，是誰寄畫圖到。

駐馬聽

幾筆新描，玉宇瓊樓隨處好；一般淡掃，暗香疎影似人嬌。梅花莫説兩無聊，怕嫦娥覷煞你喬。風調心兒合姓陶，休忘了、一鉤殘月三星照。『天外一鉤殘月、帶三星』，秦淮海贈陶心兒詞也。仲青有所眷，亦姓陶，故戲及之。〔一〕

沉醉東風

雲林閣、添來畫稾，玉山堂、結箇書巢。寫濃情淡更饒，儘吹角霜天曉，宋蕭小山霜天曉角詠梅詞：『清絶。影也別。知心惟有月。』又何須、門裏空挑。山谷詞：『争知我、門裏挑心。』小篆熏鑪心字燒，把豔福清才齊占了。

折桂令

悄陽臺、暮暮朝朝，梅也魂銷，月也魂銷。霧攏雲翹，煙霏翠褭，春滿冰綃。教倚樹、吴剛懊惱，笑吟詩、和靖推敲。幾許風標，如此清豪，一點相思，不上眉梢。

沽美酒

憑仗著千金字、五色毫，儻鳳諾，步螭坳〔二〕，桂子吹香天縹緲。怎拈花微笑，可是趁清閒，且倚小紅簫。仲青新納姬善度曲。〔三〕

太平令

争知我、撿重門自著離騷，総辜負、花月春宵。學做箇〔四〕、馬相如倚柱題橋，幾曾見〔五〕、柳耆卿填詞奉詔。趲不盡山迢水遥〔六〕，又歸來、寂寥，這心事天還知道。

鴛鴦煞

羡煞你南枝棲穩同心鳥，東風長遍紅心草。神女不須邀，一任那月兒斜，花兒謝，人兒未老。這珠囊錦軸堆〔七〕，也睡得温柔覺。侵晨客當關謾報，只索向、羅浮邨夢中尋，廣寒宫影

裹找。〔八〕

【校】

〔一〕此處小注，梅月知心室圖手卷作：『秦淮海贈陶心兒詞云：「天外一鉤殘月、帶三星。」』

〔二〕『螭坳』，原作『螭蚴』，據梅月知心室圖手卷改。

〔三〕此處小注，梅月知心室圖手卷作『用姜石帚賦暗香、疎影事』。

〔四〕『倣』，梅月知心室圖手卷作『作』，并用小字標注『去』。

〔五〕『幾曾見』，梅月知心室圖手卷作『有誰見』。

〔六〕『山迢』，梅月知心室圖手卷作『山遥』。

〔七〕梅月知心室圖手卷此處注云：『君富收藏。』

〔八〕梅月知心室圖手卷此曲末有跋，云：『仲青中翰仁兄親家大人屬題梅月知心圖，而圖未寓目，因填北雙調套曲奉教。率臆爲之，未知有當否。惟語意凡近，拍介舛誤，幸勿於酒邊花外歌之，恐有二八雙鬟相視而笑也。蓮生弟項鴻祚録稾并記。』

中呂朝天子　庚辰秋作

黄昏，閉門，趲一片雅嘑緊。小庭風葉落紛紛，心事無人問。香替誰熏，酒待誰温，舊羅巾還自揾。思君，暮雲，盼不到江南信。

雙調水仙子 即席戲贈

鳳鞾修到掌中擎，雁柱捱成指上聲，龍綃搵住心頭病。燭光摇花影，横倩冰蟾，挂在銀屏。越襯得粧兒靚，再休推曲子生，又是三更。

春閨撲蜨圖賦 丙戌西江作

春半園林，秋千院落。蕙碧抽簪，櫻紅破蕚。度蜨影之繽紛，笑鴛閨之寂寞。入芳樹而罥捎，傍珠簾而燕掠。則有左思嬌女，羊偘雛姬。惜花起蚤，鬬草歸遲。寄香心於紈扇，攬殘夢於繁枝。玉腰經雨重，銀翅受風欹。不恨雙雙舞，生憎處處隨。忽過雕闌，旋穿芳樹。似近還離，將飛故住。引玉釧之輕鳴，蹙弓鞵之細步。尋到偏教柳綫遮，捉來又是榆錢誤。紅雨驚飛，緑雲低覆。鬖帶微鬆，蟬釵欲溜。粉落金鈿，香黏翠褏。繙緗帙以偷藏，展羅冪而學繡。是則或停鍼蘭社，或翦綵花朝。閒牕春正永，女伴戲相邀。蝶戀人如舊，人憐蝶更嬌。誰將人與蝶，齊寫上生綃。

重建西山萬壽玉隆宫碑銘 并序

蓋聞黄靈廓運，螭文苞五緯之祥；紫帝昇元，龜律闡三微之治。贊璿樞而行日月，晷曜齊明；握寶鏡而制河山，坤乾翊化。是則上清簡寂，欲語怪而無徵；大道悠深，侈求仙而愈渺。金堂石室，競譚西母之居；雪羽霞翎，徒餙東皇之節。訪瓊符於玄洞，往搆焉存；探珠笈於丹崖，遺蹤斯秘。必能甄陶四會，然後可以應飛騰；必能孕育六虚，然後可以昭肸蠁。豈專以吐納爲靈修，以冲虚爲游化？宛在塵埃之表，侶逸翮之晨聯；翛然雲水之間，逐潛鱗之晚隊。如斯而已乎。

南昌郡西山者，羽聖之殊庭，金仙之別館。二十八宿，野分翼軫之墟；三十六天，洞啟極元之勝。晉旌陽令神功妙濟真君玉隆宮在焉。其又名爲散原者，酈道元之所紀也；其別支曰逍遥者，郭景純之所卜也。地殊崑閬，人言控鶴之鄉；境隔匡廬，代有驂鸞之客。接參辰於赤道，王喬降而吹笙；軼雲雨於青原，簫史升而戴笠。黄龍扶輦，近參諶母之峯；白鳳啣書，遠寄麻姑之谷。爾其邱巒衍聳，林岫延袤。立嶂撑霄，懸厓赴澗。蒼松蓄日，俯瞰崇岡；黛篠分煙，旁開飛磴。天宇肅而八景明，地籟沈而九洲静。常儀散影，印萬月於重淵；帝頊司寒，結千霜於邃壑。衡巫南峙，隱辨空青；彭蠡東浮，遥凝片白。其瑰譎也，惚兮恍兮，陰閉陽開；其窅冥也，誾兮寥兮，神施鬼設。或謂彪雲九色，環太乙之清都；瑞露三危，降延庚之祕殿。遐哉不可得而窺已。

粤自典午運乖，元辰律爽。地淪渤澥，注鰌穴之千尋；海陷牢蘭，亘蛇山之萬里。勾吴國處盤坳，川無滀洩。湘沅九派，漫珍野以騰襄；章貢雙流，挾金甌而下上。老蛟怒鬭，晝澒灌侯之城；巨蜃橫飛，夜入番君之廟。煉媧皇之石，難補浮州；助淵后之波，終沈弱水。

真君正乙含神，上元護命。咒劍青陽之渚，醮星元武之壇。效阿主之驅龍，拯吏人之化鼈。三五飛步，追毅魄於長沙；四八交流，束狂瀾於胥井。河輪黑廓，天吳奪沈竈之威；隄液紅腥，江祖失搴濤之猛。遂使祝融主燄，閼伯司型。鍛鐵絙於洪鑪，繫金湯於砥柱。既而蟬機撮化，驎彩潛暉。謁梅尉於香城，接洪厓於飈館。棲真之宅，則觀號遊帷；成道之林，則楓曾挂屩。鬱彼靈宮，揭焉中立。石臼祕還丹之水，星函藏靈劍之編。非若巖貯仙棺，無階影響；山留玉笥，僅記傳聞。斯固引以列仙傳凌虛之説可憑，證以度人經騰勝之名無忝者也。

國家德光宙始，慶協皇初。圖瑞馬而涵太清，翦應龍而平下瀆。金繩銀簡，不修梁父之封；福地聖泉，特正玉真之位。璇題切漢，齊萬壽於堯齡；絳闕含光，消六塵於佛刦。翼翼焉，淜淜焉，幽顯合符，嘉祥屢應。屬以赭垣苔古，法像塵深。迺闢榛萊，重資改葺[一]。磅山神柏，簉珍栱於工垂；琪島靈杉，貢瑰材於匠石。劃明霞而樹礎，徹游電以浮梁。鸖舞珉階，虬奔繡桷。龍花羃徑，雞樹敷檐。五芝擢秀於彤楄，八桂披英於翠梠。碧樓三襲，陽烏戢影於圓璫；紫闥九成，陰兔停輪於方鏡。琉璃作砌，布懸圃之金沙；玳瑁鈎簾，捲瀛洲之玉雨。闌四周而百折，廊一級而三休。峯非夏而開蓮，巖未秋而瑩月。鯨鐘夕考，韻傳生米之潭；鼉鼓晨驚，響應飛篁之觀。瑶光遠矚，華鐙則燄散疑星；玉宇方澄，寶鼎之煙凝成霧。翡幃的爍，翠幌氤氳。可以擬上帝之宸居，可以迓羣仙之高會。於斯時也，山童採葛，野老脩芹。歷丹實而忘歸，入青溪而訪道。不學壺公之術，忽覩浮邱；未乘列子之風，便經員嶠。亦有剪蔬東海，擷藻南濱。碧蕅薦於香厨，赤薤陳於緗几。割琳腴兮漱瑶漿，雜餚饈兮滿堂；爇蘭膏兮薰桂燎，奏鈞韶兮入廟。吉日維良，明神既降。罡風澒洞，遥聞步虚之聲；法雨繽紛，近護朝元之仗。曳鳧舄，被虹裳。蓂節先驅，梧軒次導。施岑捧劍，周廣麾旌。前則朱雀啣鑪，後則玄龜負杖。祥符之堉，跨竹來迎；盱井之甥，籠花而獻。於是桂甫戛五靈之瑟，蘭脩佩六甲之符，葛生以紫燕爲車，元卿以素麐作餌。吴仙得道，揮羽扇以分流；嬴女披煙，振瓊簫而入破。青牛道士，白鹿仙人，咸集於此矣。

昔日文簫賃宅，曾聽碧落之吟；干僕回車，未覿瑶天之路。雖復想像淳風，無以恢張元造。所以問蘇耽之石竈，已阻雙津；尋匡續之茆堂，終迷五嶺。琅篇十萬，但傳南極之朱函；金記五千，難辨東華之寶籙。湛驪宫於閶闔，孰追七聖之遊；拜鶴襝於蓬萊，莫悟九元之秘。太室則雲藏不見，神山則風引而還。何期下士之初來，更值上方之新作。竊恐桃源易失，桑海無時。幸乘樵舍之帆，不隔雲房之夢。祇陳鴻烈，寧結想於丹砂；徧刻螺書，庶流芳於緑篆。敢作銘曰：

天轘北轉，地紐南昌。散原中屹，逍遥在旁。丹邱鳳翥，紫極鴻翔。林巒萬吹，煙霞七襄。其一。在晉寧康，海昏妖宅。驅策江婁，凴陵河伯。野汩鯨吞，山浮鰲擲。嘘氣蒸霄，飛涎漫澤。其二。於鑠元聖，決戰層溟。雲旂三素，斗劍七星。批鱗雹掣，浴血濤腥。金符鎮宅，鐵柱勒銘。其三。八索坤維，十洲艮止。蠖屈宵濳，黿驚晝徙。贛石安流，鄿亭順軌。瑶闕飛升，珠宫毖祀。其四。洞天十二，大啓元都。鸞岡之麓，鶴嶺之隅。辰旂翠冕，甲帳繡襦。彭伉近侍，甘戰旁趨。其五。紺殿年深，頳垣歲古。畫棟棲塵，雕檐溜雨。乃告良辰，乃修琳宇。梓匠揮斤，林衡授矩。其六。螭蟠赴碱，獸竄連甍。瓊鋪複霤，錦障前楹。窗臨月聚，樓近河明。髣髴黄屋，飄颻玉京。其七。明德惟歆，靈神斯迓。磬筦繁陳，裀幬紛藉。霓幢前引，飈輪後駕。怳若無聲，翩其來下。其八。真氣驚牖，靈風滿旂。馨香冥契，福禄是司。九仙正位，百姓尊祠。爾臧爾熾，神之聽之。其九。肅肅几筵，莘莘俎豆。廊廡維新，川原猶舊。井絡蛟藏，丹扃龍守。式廓洪基，皇王萬壽。其十。

【校】

〔一〕『改葺』，原作『改茸』，形近而誤，今改正。

上繼方伯乞盆梅啓

幸依緑水，敢忘籬落之思；未到黄昏，已結歲寒之夢。適陪賓讌，身入瑶林；頓念家山，心縈香雪。吟詩不就，索笑無因。願分東閣之一枝，留欵西湖之片月。無任延望。謹啟。

謝繼方伯惠新會橙頻婆果啓

緑香透甲，飽蜑雨於南天；紅暈侵肌，漬燕支於北地。分甘意厚，餽歲人忙。幸除名士之酸，暗識文官之貴。長爲食客，占碩果而餘甦；竊比風詩，賦木瓜而知重。

又謝惠徽墨鹿肉啓

辱貺麋丸，兼嘗鹿脯。御團流馥，未解頭濡；禁臠分胾，便思齒決。閒中染翰，愁裏加餐。細研易水之膠，日肄魯公之帖。寫心有忝，飽德無涯。

又謝惠端研印香啓

雀眼七重，割星巖之片段；鸜斑百和，分海舶之刀圭。磨之無聲，始信米顛之史；久而不歇，長携荀令之鑪。介石可貞，瓣香斯在。從此西園南館，以筆札見知；坐席行衣，得煙雲作供。敢疏緑字，永奉清塵。

祭城隍神文

道光七年春，江西旱，糧不能出境，當事禱於神，遂大雨。既而困穀蟲生，耗食幾盡，復以牲牢致祭，且爲文告焉。

維年月日，江西布政使兼署按察使某，謹告於城隍之神。懿惟明靈，茂此潛德，崇墉是衛，甿庶是矜。乃者偶冒愆陽，少屯甘澤，三齋引咎，五夜陳辭。果蒙巽順揚風，坤流沛雨。甌窶塊潤，扶犁蘇抱瓮之憂；川澤氣升，擊檝覩連檣之樂。固已上邀天監，下慰輿情。豈意蟲螢潛生，廩囷滋害。蓋藏日耗，毒甚蝻飛；釜庾中消，慘供蠢蝕。念民儲之有限，嗟蠹食之何窮。非致此之無因，惟返躬而自省。

伏思某承流亡狀，弼教叢愆。或威望不足以讋豪奸，或私惠不足以畜矜寡。或政婾愒日，田園怠陂澤之修；或訟積淹時，囹圄困桁楊之苦。既有戾於祥和，懼卒罹於飢饉。雖有司曠職，宜示警以爲災；乃比屋何辜，竟無形而受禍。惟神颯爽英姿，抑揚奇表，體上帝好生之德，鑒小民乞命之誠。竊願憫此哀鴻，去其蟊賊，絶萌生之患，殺蠕動之凶。庶使雨足春郊，既服勞于耜；恩周夏屋，更曲庇斯箱。某敢不均政令以迓神庥，矢慎勤以求民隱。如天之福，異嚮應之無違；惟德是依，幸馨香之上達。

蝨賦 并序

玉溪生作蝨賦，天隨子矯之，作後蝨賦。蓋人事不齊，而所見遂異。余不敢謂李之未知蝨也，不敢謂陸之知蝨也，述此以云吾之所欲云。

索之不絶，捫之若鶩。誰爲父母，亦有性情。而生於鬐，而死於鬐。爾身則輕，我膚則切。

蜉蝣賦　并序

蜉蝣朝生暮死，詩人託之以寫憂，或謂有所刺焉。余獨感其生死有時，可以齊得喪，故賦之。

彼蠅蚋兮，逐羶而聲。彼蛣蟯兮，積穢而成。嗟蜉蝣兮何所營，吾不哀其死，而哀其生。蠆有毒兮螫則怖，蠹潛處兮齧不悟。嗟蜉蝣兮何所附，吾見其朝而不見其暮也，吁！

後蜉蝣賦　并序

嚮作蜉蝣賦，不關諷刺，而見者不能無疑。作後賦以廣之。夫奄忽百年，一朝暮耳，于蜉蝣何尤焉？

生也者，吾知其所慕；死也者，吾知其所惡。彼壽跖而夭顔兮，羌不知其何故。蟬則脱而螽有房，蛛則絲而螢有光。皆自死而自生兮，又何病乎楚楚之衣裳？

蚊　賦　并序

昔人作憎蚊詩、誅蚊賦，責其噆膚嘬血，蚊之罪當矣。雖然，不若是無以全其生，而卒以是傷其生，可哀也。『蚊』字，説文从『民』作『蟁』，齧人蟲也；又从『昏』作『蟁』，以昏時出也。而从『文』之義不詳焉。因感而賦之。

孰傅爾翼，又蕃爾族？孰長爾喙，又枵爾腹？惟日不足，求所大欲。暮夜蠅營，房幃縱橫。既蚀斯行，故文其名。噫！毋鳴之嚶兮，而革之盈兮，而身之傾兮。噫！

送李元卿還粵序

惠州李元卿，有振鷺之潔，無白圭之玷，於是恨相知晚也。余以羈屑，臥疾南昌；君方倦游，偶同賃廡。墨性膠合，蘭言臭和。間爲新聲，聽者淚落，若秋雁之唳霜晨，疏絃之怨遥夜。嗟乎！元卿何其憂而傷也。夫士以浮沉不試，交疎黨棄，殊鄉索立而歌欷歔，豈特元卿也哉！而元卿若有所甚不堪，懷思故山，愴焉告别。余推挽不獲，獨挈離尊，餞之江滸。白日照水，羣猿亂嘑，彊盡一桮，張帆逕去。詩不云乎：『無幾相見，酒樂今夕。』嗟乎，元卿能無感於斯言？

拜蘇雲卿先生祠堂記

南州向多高士，徐隱君其著者也。宋廣漢蘇先生，以丞相故人避而棲迹於東湖。東湖之旁，孺子之宅在焉，非有所慕而來與？張魏公且以傅巖期先生，先生殆知其不可而有不忍盡言者。車騎再徵，决然引遯，則時事可知矣。夫知其不可而爲之，卒無成，身名隨裂，於是忠者不忠而賢者不賢。嚮讀宋史至靖康以後諸傳，未嘗不掩書而竊歎也。今東湖園館連亘，春朝秋夜，游人雜沓，而先生之祠，僅留一椽以安栗主。風雪交於庭廡，蒿萊没其門徑，求昔之所稱蘇翁圃者，不可復得。幸而沈湮於荒煙斷渚間則已，否則即今日風廊水榭之基耳。嗚呼！是非所望於搢紳貴游也，懷古之士，其訪而存之。

遊信州南巖記

丁亥冬，余歸自南昌，舟次信州。攝弋陽尉張霽先期治具，約爲南巖之游，儐宿諾也。南巖者，據州之南，登其巔，可俯拾城市。其崖洞之穹窈，煙雲之深邃，則剡源戴氏序之已詳。巖壁鐫游人名氏，磨泐者十之九，獨朱晦翁、辛稼軒題字，首尾可讀。攬先民之遺躅，古懷頓深，於是一藤一石，皆有連蜷招隱之思，遲徊不忍去。

且夫名山方嶽，神靈之所窟宅，王者之所禋祀，烜赫今古者，無論已。即吾浙山水崇曠，台蕩之奇，富春之秀，洞霄、天目之緜邈，皆以昔賢登陟所經，載在圖志，播爲高詠。而兹巖峻不踰百尋，袤不過一里，林泉雋永，禽鳥往來，使人忘去榮辱得喪所在，殆所謂地以人重耶？

竊念嚮時從事呫嗶，日涵濡晦翁講義，又好爲小詞，背誦稼軒樂府，不落一字。至於文章經濟，實不敢仰跂兩賢跬步。以骫骳懵道之身，而放情幽討，山靈其棄我矣。何時得捐去世慮，結廬山藪之間，聚書一楹，晝吟夜讀，微究心性之旨，根求有用之學。雖奇不及台蕩，秀不及富春，緜邈不及洞霄、天目，南山之南，北山之北，無不可以息而游，而何必戀戀於兹巖？抵暮，與霽歸飲舟中，酒闌然燭爲記。

游白嶽記

往時新安方翁爲余述齊雲之勝，心豔之而未能游也。翁之言曰：齊雲巖舊稱白嶽，在休寧縣西，出西門十里許，值大溪。溪自祁門來，經巖下逕縣南過梅口，會歙溪入浙。溪上有橋，横亘數百步，極宏整，雕闌翼之。巖當橋之右，層丹疊翠，錦錯綺絡，若凴鏡檻，展畫圖也。由橋側度林麓又里許，是爲入山。初梌曲折，隨磴而登，或迤嶺，或窄成罅，岫連嶂合，目不暇接。時逢小亭、塊石，供人幽憇。間有居人結屋崖縫，松偃藤延，若隱若見，茶煙磬韻，穿石而出。凡五六里，仰見一竇透明，爲南天門。門外喬楠峙列，大者數圍，小者合抱。門中豁如月城，靈官殿在焉。殿旁又轉一闕，奇境忽開。石崖三面爲圍，上覆下嵌，崖洞如蠭房參錯，其最深者曰羅漢洞。嘗有人秉炬而入，行十五里，傴側不能容身，究未極其所止。崖額細泉噴落，人行其下，如長廊三折，幕以珠簾，是名珠簾水。珠簾之下，龍池一頃，渟泓瀅碧，冬夏不涸。崖盡，竣級直上，曰天梯，琪花瓊樹，瓌瓏映帶。又三四里，爲太素宫，巖之曠衍處也。宫北向祀元帝，塑像黧黑，是百鳥啣泥所成。蓋故老傳聞云爾。殿下有方池尋丈，亦冬夏不涸。殿背倚玉屏，藻繢纚屬。門外地平如砥，甃以文石，繚以周闌。闌下陡落百十仞，草樹蓊翳，黕不見底。

香鑪峯又從下陡起百十仞，腰歛而頂平，冶鐵爲亭，儼如鑪蓋。正對殿門之中，披雲滃霧，彌日不歇，得其名矣。廟左爲捨身崖，稜稜瘦削，再上即紫玉屏，其西爲紫霄崖。前望三峯駢立，娟秀静好，三姑峯也。五峯比肩，顧視欲語，五老峯也。文昌宫據五老之前，爲巖之最高處，其下爲櫛梅菴。五老之西，左直而右遮者曰展旂峯，峯下有石梁橫渡，曰芙蓉橋。五老之東，纍嶂一束曰獨聳寨，循其坳而出，曰西天門。其餘諸峯，澹沲者曰碧雲，曠朗者曰拱日，矗立者曰天柱，若鐘則曰鐘峯，若鼓則曰鼓峯，伏而凹背者曰駝峯，偉而垂鼻者曰象峯，率皆形似而已，未足矜。余曰：『齊雲之勝止此乎？』曰：『徽人之所稱説者止此，吾足跡所經者亦止此。昔嘗登文昌宫，回翔四望，兒孫羅列，齊雲之勝疑不止此也。』於是結煙霞之夢者有日矣。

己丑三月，有事於休寧，遂邀方翁偕行，寓於城西仇氏之樓。三日事畢，亟尋前約。犂明借馬出西門，初行麥隴間，露霏霏如薄雨，抵巖下則旭日滿山，輝耀金碧。舍騎而步，探幽領秀，林巒飛動，猿鳥將迎，山中勝槩，一一與翁言印合，殆又過之。獨恨巖壁時露鐫刻，捫蘿卒讀，盡爲富商巨賈題名，亦斯巖之一厄。亭午，坐太素宫門外，聽山樓倚篴，作步虚聲。道士瀹松蘿相餉，晴光染衣，暖翠可掬，誦『瓊樓玉宇，高不勝寒』之句，竊謂古人虚語。忽有涼風掠樹而過，回薄山脇，引黑雲一縷，飛落城市，頃刻徧滿。日影炯晃，浮漾雲上，雷車隱隱，又隔雲下。將晡，下天梯，從别徑行五六里，回望天門，猶見夕陽亭亭。送客至巖下，則逆旅主人以肩輿待，曰今日大雨，恐馬不能行。及歸寓樓，檐溜尚鏦錚不絶，始覺前此之身在翠微也。

嚮讀徐霞客遊記，躡西天門而下，過雙溪街，山勢開而復合。傅巖、九井，奇絶不讓齊雲；龍涎之泉，彷佛雁宕龍鼻；天橋靈幻，更勝天台石梁。乃此間人屐齒不到，導者茫然，且非一日可了，致覿面失之，可惜也。并記以俟後游。

悲摇落賦 并序 庚寅秋作

夫騏驥病而嘶鳴，鷃雀羅而揔躍，迫于境也。蟋蟀隕而在堂，元蟬殀而抱樹，屈于時也。故榮悴之觀不殊，而哀樂之感異致。僕少長紈綺，近遭閔凶，對陽景之熙曜，襲緐英之幡纚，未嘗不當食而欷，聞樂而涕。况以幽憂之極，遘兹摇落之辰，豈復襟披風而析酲，臺爲雲而賫夢。潘騎省之賦秋興，始見二毛；宋大夫之弔湘纍，乃嗽九辨。嗟歎不足，形爲詠歌，既沈悼乎凋年，更摧心于逝者。敢謂緣情之作，竊比古詩之流，不知所裁，哀而傷矣。其辭曰：

駝椒邱以寫望兮，心阰側而不平。憯層霄之霒曀兮，日黯黮而孤明。狓積飈之闓軩兮，獵積薄而迅征。胡純殷之薦此憀慄兮，將先驅乎元冥。擗宗生之仟仟兮，百卉瘵其愕驚。蔺橚槮而索瘁兮，歔虔劉乎天刑。抈芳蕤之綷縩兮，闃捎殺而無聲。伊焂欝之幾何兮，藐蔓蔓其悽變。鶤陪鰓以告哀兮，鴻紛泊以來唁。鳦北睇以長辭兮，鵲傾巢而眷戀。拓鼪館于浮霎兮，熛鹿場之蔚葭。露䨴霓以沾襟兮，履緐霜而維霰。噫萑葦之先零兮，矧蘭茝之婉孌。衆蔆然其斅嫭兮，嫉英華之蒨絢。山鬼潛處于幽篁兮，遺瓊枝而不得見。翳蕭晨之慘懍兮，晝曶曶以逶迮。絙瑶瑟于清湘兮，卷洞庭之微波。江有楓其湛湛兮，奚不醉而顔酡。隰有杞而不食兮，積余疢之未瘥。彼蘽桂之淹留兮，空連蜷其奈何。搴中洲之宿莽兮，拚澤蒲與澗薖。弔萋萋之芳死兮，玒愁引于陽阿。惝攀條而涕泗兮，獨惆悵于山河。俄曜靈之晻哼兮，欸金虋于庭樾。星灩灩以臨軒兮，墮釦砌之涼月。怊觖望于牽牛兮，津無梁而不可越。促織愬于西堂兮，熠燿熒其自没。抈羣籟之飀飋兮，削猗萎之脆骨。靚遥夜之寡懽兮，蘭膏煎而蕙歇。茻總總之薀蘙而蔙茂兮，掩菴藹于陽春。陽春倏其不居兮，咸傑僫而就髡。忼梧楸之摇刖兮，疇何羡乎輪囷。醜櫟樻之不材兮，齊揘畢于荃蓀。挺攢立而趫悍兮，行索爾于錯薪。諶荏弱其難持兮，貸徼糾于斧斤。忳鬱邑余竚眙兮，懵不悟其所因。悼庶子之恂愗兮，能不沈歎于鮮民。溘吾既罹此悽遽兮[二]，又重之以憚殃。羣幽攡而不見形兮，介眇志而若有忘。牉獨處此宗廖兮，糺憂思以爲纕。闆泉臺之黯䨲兮，魂冥迷而異鄉。冀靈瑣之徠歸兮，辛夷楣與葯房。陳吴羮與楚酪兮，調䗪勺與柘漿。既青春之受謝兮，徒申申于巫陽。西皇不察余之中情兮，謇悇憛而莫厝。衍菽藟而挫芳繭兮，菀蘼蕪而巖苣蕗。蓬輪飛而上征兮，野燒殷而連櫝墓。搃白楊之空條兮，痛陳人之不悟。嗟桃李之盛年兮，忍棄捐于中路也。誠松柏之後凋兮，歲峥嶸而誰與度也。幸枌榆之無恙兮，慎毋改此素也。别椿樗與薰蕕兮，眢不知其故也。余朝爨此榾柮兮，夕攡枯槀之貞枝。誓息影于巖阿兮，紉薜荔以爲帷。龖狺狺其礪齒兮，螭魅覺而潛覗。瞰徼徊之窟宅兮，怪鳥睨而譆譆。愴靈修之蘚苫兮，粲執手以暾詞。諗余懷之顑頷兮，遲歲寒以同歸。申旦旦以要余兮，贈揭車與留夷。吁鴂言之不美兮，彊報之以將離。山中不可以久留兮，羌駝鶩乎遼廓。雌蜺亘于四荒兮，屯飄風于蘅薄。車偃蹇其説輹兮，馬怔營而旋卻。前有水而圝濔兮，後崇岡之岏崿。遭吾道而反故居兮，還就筊而避繳。搏余膺之逴怛兮，值襘襘之苓落。拒桂蠹與蓼蟲兮，無攖情于楷散。志沈菀其莫遂兮，怵遠邁而恇㤻。夫唯窘步以離訧兮，從靈氛而卜居。索筳篿之吉占兮，筮坎六以告余。曰徽纆寘于叢棘兮，凶三歲而剥膚。繼請決于巫咸兮，巫咸顧而躊躇。謂余偭規而不改錯兮，吾其待子于幽都。思人命之有當兮，卒狐疑而氣沮。顧趹蔓之無知兮，瓔青黄而變腐。豈不因其本根兮，眷日月之不我與。揀春蘭與秋菊兮，馨無絶于終古。甯靈蠢之不若兮，騍移情于華膴。苟青陽之不回兮，甘短折而何自苦。默抽怨以攄懷兮，軫哀弦而獨撫。

倡曰：日晏兮纁黄，申椒兮不芳。汎舟兮沅湘，捐余襟兮中央。登白蘋兮騁望，思夫君兮傍徨。傍徨兮遠道，秋風兮嫋嫋，紛菲菲兮既撟〔二〕。惜往日兮懽不早，託好音兮飛鳥。豈不猶有春兮，君不來兮我將老。

重曰：浮雲西犇，雷雾眯空，稻谷劚兮。𨓈譶疾駛，僵萎唫吅，萬木瘏兮。搜林索莽，拉朽隳籜，聚而殲兮。鵂鶹呌陰，駕鵞結行，晝霖霪兮。金鐵戛礫，介士摧藏，夜戡崟兮。剽攻迅擊，憯惻增欷，鉥思心兮。裒裒徙倚，逝此衆芳，歲駸駸兮。嚳女嬋媛，嫮目曾波，展微忱兮。長髮曼鬋〔三〕，接舞投詩，襍優噲兮。逝將去此，攜手閶風，玉虬驂兮。棲彼若水，無榮無枯，藹憂惔兮。上天入地，無招我魂，哀江南兮。

【校】

〔一〕『罹』，原作『羅』，浮簽云：『罹，羅誤。』據改。

〔二〕案此下疑有脱句。

〔三〕『鬋』，原作『箭』，『長髮曼鬋』語本楚辭招魂，據改。

愛而不見賦　辛卯

夫愛而不見者有之矣。迺或事以託而言卮，情以緣而詞綺。西方之彼美云誰，東門之其人室邇。搴芳草以怨王孫，登白蘋而思帝子。臺行神女之雲，瑟泛湘娥之水。悵朱鳥兮窗深，望牽牛兮天咫。亦有相思灞岸，分手河梁。舊雨今雨，他鄉故鄉。吹角西風之塞，低頭明月之牀。折瓊枝而寄遠，抽獨繭而成章。書置袖兮三歲，詩懷人兮一囊。青楓隔兮夢不到，黄鵠歌兮神黯傷。至若盤中之詩，機上之錦。嬴女之簫，宓妃之枕。新柳凝糚，孤花媚寢。魂銷南浦之江，腰憶東陽之沈。題鳩唤兮春歸，蟋蟀驚兮秋懔。山上山兮信沈，年復年兮病寖。又有盧家少婦，文園小姬。桃根阿姊，蘭香侍兒。彤管貽我，雜佩問之：顑頷若此，凄凉爲誰？有約蟾明之夜，無端尨吠之時。羞見而面遮團扇，不平之心似彈棊。莫不蕩氣迴腸，絫欷增慕。惜銀浦之津迷，怨碧雲之日暮。豈若舊館蘅皋，新人薤露。掩蠹粉而纏愁，耿魚燈而煎嫭。羣飛蛺蝶之魂，鈿冷鴛鴦之墓。影姍姍兮來何遲，恨綿綿兮永不寤。已矣哉！人何事而情多，天無情而奈何。氣盡前溪之舞，心灰子夜之歌。歌曰：花落兮黄昏，嗁鵑兮嚮晨。剗不斷兮愁根，拭不滅兮淚痕，留不住兮青春。誰將此時語，寄與夜臺人。

餘韻未終，涼颸四匝，非竹非絲，哀吟互答。入户視之，凝塵半榻。和歌曰：冷雨咽空階，溼螢眠暗草。泉下定相逢，相逢休太早。於是壁琹自戛，帷燈失明。蛩已歇而重訴，烏欲棲而又驚。展莞蒻之紋簟，撿瀟湘之畫屏。裛空箐之餘篆，厭曲巷之寒更。夜悄悄而不寐，思飄飄兮玉京。既他生之未卜，能不爲死别而吞聲。

憶雲詞甲稿序 癸未

憶雲生自束髮學填詞，少作存若干首。夫詞者，意内而言外也。意生言，言成聲，聲分調，亦猶春鶊秋蟀，氣至則鳴，不自知其然也。生幼有愁癖，故其情豔而苦，其感於物也鬱而深。連峰巉巉，中夜猿嘯。復如清湘戛瑟，魚沉雁起，孤月微明。其窅敻幽淒，則山鬼晨吟，瓊妃暮泣。風鬟雨鬢，相對支離。不無累德之言，抑亦傷心之極致矣。一二知者，强附我於名勝之後。雖復悄然自疑，而學之愈篤。今乃削墨胥山之雲，滌筆娥江之水，次爲新編，以吟以嘆，謂之甲稿焉。

憶雲詞乙稿序 戊子

余嘗集癸未以前之詞爲一卷，自序而刻之。甲申至今，四五年來復得數十闋，因次第成續稾，編以甲乙，從吴夢牕例也。近日江南諸子競尚填詞，辨韻辨律，翕然同聲，幾使姜、張頫首。及觀其著述，往往不逮所言。而弁首之辭，以多爲貴，心竊病之。余性疎慢，不能過自刻繩，但取文字順從而止。削稾既竣，仍自識數語，雅不欲與諸子抗衡，又何敢邀羣公鑒賞耶？

枯蘭草自序

鴆媒魚媵，楚靈均託而爲騷；鶴立鳧飛，陳思王感而成賦。已絶陽臺之夢，尚憶行雲；偶因靈葯之偷，遂思奔月。青女則年年耐冷，黄姑則夜夜相思。每循好德之言，益信鍾情爲累。而况十千取酒，難消才子之愁；百萬買鄰，不到華胥之國。東方小婦，新畫蛾眉；西蜀長卿，空持犢鼻。慾玉簫之宿約，摧錦瑟之華年。自知羊偘恩疎，肯忘静婉；私恨馬遷才盡，不傳清娱。人之云亡，誰能遣此？嗟乎！若使真花不落，人間之瓊樹常新；逝水能留，天上之銀河易渡。東南孔雀，何事徘徊；西北浮雲，不關慷慨。入維摩之室，總現優曇；吞羅什之鍼，亦名禪喜。金釵鈿合，盟鍥臂以奚爲；齊縷秦簧，些招魂而焉用？豈意纏綿絲盡，柘老紅蠶；辛苦時多，薵生黄蘗。記丁孃之十索，但鎖空箱；述張相之四愁，重刊别集。

枯蘭草者，碎琴生歎逝之作也。仙源繫姓，前生應認雙成；花譜知名，昨夢還徵九畹。明肌豔雪，流眄曾波。舊家是學繡村邊，度曲則早拈紅豆；初見在簸錢堂上，問年則笑指銀箏。摘粉搓酥，調簧吹竹，綜其絶藝，雅擅横琴。蒼涼如雁落平沙，清脆若鸎啼春曉。而乃靚心淨業，棲慮摩耶。自陪金母之居，便守木叉之戒。時詢難字，王昌豈隔隣居；若數瓌姿，宋玉定誇臣里。不待姁勞亢氏，畫闌移稱意之枝；何須妬療倉庚，金屋綰同心之結。鴛鴦菡萏，遜此華姸；翡翠蘭苕，方其婉孌。烏絲十樣，慣鈔郎主之詞；蟬翼雙鉤，學寫夫人之帖。又且魚非嬾婦，螽是宜男。細腰而不預斯飢，齲齒則尤增巧笑。長閒簫局，熏豆蔻而嫌濃；自押簾旌，擷茶蘼而比韻。人言無間，謂絡秀之非他；我見猶憐，眤孟光而亦慰。未幾池魚禍及，梁燕巢傾。祝融之虐何辜，麋竺之家遂爇。驚惶辭閣，倉卒牽裾。幸携商隱之驕兒，竟失太冲之愛女。從此淚如鉛瀉，腸逐輪迴。然猶彊飯承歡〔一〕，避人隱痛。損年致疾，已兆於斯。既而階前芍葯，又贈將離；箧裹櫻桃，翻成永訣。泣飛龍於藥店，更不勝衣；望單鵠於雲羅，將毋化石。追緑浦帆歸之日，正瑣牕絃折之時。三年之艾難求，七寸之棺已蓋。晨粧鏡缺，愈增徐淑之悵懷；夜帳燈昏，忍聽阿侯之錯唤。是即五更鵑血，三峽猿聲，未足喻其酸悽，攄其幽憶者矣。

且夫劉彭城之吊秦妹，交疏者言離；陳伯玉之誌薛姬，情隔者辭淺。豈若元宗操翰，自吟長恨之歌；武帝研脂，親寫遲來之影。則丹青且爲之色黯，毫楮亦助其神傷。太上忘情，未之有矣；達人善遺，展也不然。今則梁鴻竈冷，灰豈重燃；庾信園荒，草惟獨活。蟲可憐而自語，花黦忽以何年。夢尋紫玉之煙迷，笛怨緑珠之調絶。雖心如泥絮，而愁滿雲藍。約有百篇，以當一哭。倩徐陵作序，不類宮詞；待孟棨編詩，都成本事。嗟乎！今日魂銷張曙，黄昏餘翠被之香；他時老去姜夔，紅雨落馬塍之墓。

【校】

〔一〕『彊』，原作『疆』，形近而誤，今改正。

答友人書

承教惶悚，私幸得交諒友，循誦至再，不能不有貢於足下。人苦不自知，誠如足下言，雖然，知人亦不易也。來書不暇他及，斷斷以好填詞爲僕戒，曰是非君子所爲。足下所謂君子者，何如人哉？足下篤志應世有用之學，六經四子書外不屑妄窺一字，何異桃源中人，不知有漢，無論魏晉。惟聞世間詩、古文之末，又有所謂詞者。不問古之作詞者何人，古人之詞何若，但以其名爲詩之餘而僅得居乎曲之上，則詆之，亦不爲枉。然則足下非不知僕也，不知詞也。不知詞，不必與足下論詞。乃足下因詞而咎詩，曰詩能窮人，且規僕爲承平雅頌之音，而以僕詩無病呻吟，足以損年折禄。嗟乎！足下何愛僕之深，望之厚，而辭之激也。

僕先世頗不貧，至僕而貧且好詩，實無解乎窮人之説。方今東南荐饑，流鴻滿野，宛轉溝壑。僕自顧雖窮，猶得嘯歌一室以自遣，未嘗不嘆彼嗷嗷者之窮更甚於詩人也。國家功令，經義之外未嘗廢詩，是豈以窮人之具勸天下士哉？ 然而足下必有辨矣，曰：『吾所謂詩，非是之謂，謂夫古今律絶之紛紜倡和，流而不知所届者也。』然則足下之咎詩，殆又不知詩者也。

且夫聲音之道，由人心生；其哀心感者，其聲噍以殺。 丑寅以來，僕所遭之死喪患難，有人所不能堪者，其慘酷百倍於病，媮生戢影以至今。 苟以足下易地處此，雖欲不呻吟而不得矣，尚能爲承平雅頌之聲哉？ 且足下所謂雅頌者，詩之列於經者耶？ 抑以喻夫世之所稱臺閣體者耶？ 經之雅頌，則束皙補亡，去之千里，僕何敢知？ 若世所稱臺閣體，則足下仰之彌高，僕向叱爲一錢不直，信如昌黎所云『可無學而能』者。 今窮而在下，託爲閭巷之謳吟，以寄其志分也。 足下欲我學養子而後嫁，思之輙面發頳。 惟讀至『著述關乎人品』一語，不覺汗下。 雖然，僕亦嘗讀六經四子書矣，聖人之教人也，道德、仁義禮知信而已，先王之取士也，賢能、俊秀而已，聖門之設科也，德行、言語、政事、文學而已，未聞論人以品。 及班固作漢書，自上古以迄秦，列九等之叙，亦無所爲品。 即以品論，太元成於揚雄〔二〕，而後且投閣；陶潛歿謚靖節，而亦賦閑情。 設足下生當其時，不且奉劇秦美新爲臺閣體，而斥陶潛之田園寄傲爲瓠落無成耶？ 要之，君子疾没世而不稱，蓋棺定論，僕與足下皆不及知也。 然僕未嘗不自知短處：好遨遊，好色，好摴蒱戲弄。 足下置之不問，而獨切責於不足重輕之詩若詞，使僕得肆逞其耻過飾非之説以拒足下。 然則足下真不知僕也，若知而不言，則是足下之諒而不諒也。 主臣。

【校】

〔一〕『揚雄』，原作『楊雍』，漢楊雄著太玄經，今改正。

跋史通

知幾官秘書監時，與上官意向不合，發憤而著此書，專以譏評今古爲主。提要於疑古、惑經諸篇之外，更撮舉謬妄者若干條，謂其『性本過剛，詞復有激，詆訶太甚，或悍然不顧其安』，深中知幾之病。其譏史記謂不宜列項於王，真僞不分，此與欲削晉康、穆以下諸帝廟號同一偏論。夫秦、楚，敵也，楚爲秦滅，則讐也。項氏爲楚復讐，非盜也。沛公泗上一亭長耳，家世視項王何若？使不得天下，與後世流寇何異？然則知幾亦不過成敗論人之識耳。雖謚曰文，吾不欲觀之矣。

跋山中白雲詞

玉田詞精警不及梅溪，雄俊不及稼軒，生峭不及白石，奇麗不及夢牕，整潔不及蘋洲，幽窅不及花外，而能掇諸家之長，加之以駘宕，芊芊緜緜，『山中白雲』四字盡之矣。近世學玉田者，小長蘆差近，有時或失之甜，安論餘子？

昌谷歌詩題後

著述之顯晦，不關時命之通塞，窒其遇而昌於詩者不少。長吉七歲能辭章，雲韶諸工歌其樂府，平生惟一爲韓退之、皇甫持正所賞，錦囊剩句，間爲權璩、楊敬之、王參元竊取。卒以父諱，不得舉進士，位不過奉禮，年不及三十，遺詩復遭溷中之厄，可謂窮矣。未幾，樊川序之，樊南傳之，甫里書傳後，而昌谷歌詩始與李、杜齊不朽。宋刻有會稽本、臨安陳氏本，今不可見。惟毛氏汲古閣編入唐人四集者，謂從兩宋本録刊，參以鮑欽止手定本，較他刻爲精。此本西泉吴正子箋註，須溪劉辰翁評點，亦明刻之善者。

評註昌谷詩者，自明以來有徐渭、董懋策、曾益、余光、姚佺五家本，又有邱象升、象隨，陳愫、陳開先、楊研、吴甫六家辨註，黄淳耀評本，孫枝蔚、張恂、蔣文運、胡廷佐、張星、謝啓秀、朱潮遠七家評本。王琦彙解最後出，蓋雜采諸家之説。然昌谷劌目鉥心，意匠多在筆墨蹊徑之外，註家句梳字櫛，附會求合，失之逾遠。毛本不刻評註，可謂卓見。

正子此註，略疏典故，不加穿鑿，最爲簡古。辰翁詩以幽雋爲宗，與昌谷旨趣相近，所評獨勝諸家，能得不解之解。其總評有云『若眼前語、衆人意，則不待長吉能之，長吉所以自成一家』，尤爲切當。正子時代爵里不可考，惟外集註中有『嘗聞薛長州士宣言』云云，疑爲南宋人。辰翁字會孟，號須溪，廬陵人，第進士，入元不仕。善詞，有送春蘭陵王，極工，樊榭論詞絶句所謂『送春苦調劉須溪』是也。按須溪之『須』，音盥，人多誤讀，陳衍槎上老舌云〔一〕。

戊子六月朔，避暑三十六鴛鴦閣，飯罷無事，遍覽諸本，撮記崖略於此。

【校】

〔一〕案槎上老舌『古人名』條云：『以地爲别號，如劉須溪，須音盥。』

跋汲古閣六十家宋詞

琴川毛子晉氏刊宋詞六集，名六十家詞。原目六十三家，海鹽張載華芷齋云，後以漱玉、斷腸二集移入詞苑英華，故止六十一家。然今所傳詞苑英華，無此二集，不知芷齋何所據也。毛氏較刻諸書最精，而此書頗多脱誤，蓋詞學至明幾絶，諸集已在若明若滅之間，蒐輯不易，校讎更難，不足爲毛氏病。嚮聞吴氏瓶花齋有樊榭先生手勘本，吴氏藏書後歸許氏鑑止水齋，亦間有散佚，不知此本尚在否。

跋詞苑英華

張綖詩餘圖譜之謬，萬紅友攻之不遺餘力，可謂先得我心。王象晉又以綖南湖詞與秦淮海詞并爲一編，名曰合璧，閲之噴飯。雖二人皆高郵人，而一古一今，相隔數百年，已爲不倫，况詞有薰蕕之别乎！而毛氏刻之詞苑英華，甚矣，明人之疎於詞也！然子晉所刻諸書皆有跋尾，每卷皆有『毛氏正本』小印。此皆無之，板式亦與花間、草堂諸集不齊。且圖譜卷首題曰『濟南霽宇王象乾發刊，康宇王象晉重梓，姑蘇子九毛鳳苞訂正』，秦張合璧則題曰象晉梓，鳳苞較，蓋非子晉所刻。鳳苞，子晉原名，後改名晉。向聞漱玉、斷腸二集在詞苑中，而今本無之，豈以羊易牛耶？

擬曹植徙安鄉侯自陳疏

初魏太祖以植爲南中郎將，行征虜將軍〔一〕，遣救曹仁。將行，有所敕戒〔二〕，太子飲焉，逼而醉之，不能受命，遂罷。黄初元年，文帝以植故，誅丁儀、丁廙，植就國臨淄。二年，監國謁者灌均希指，奏植醉後悖慢，刼脅使者。有司請治罪。太后聞之，對帝泣，得免，貶爵安鄉侯。植乃上疏曰：

臣聞重華升庸，則有庳放；周公負扆，而管蔡誅。蓋因利乘時，風雷順應，則謨蓋孰辨其誣，流言豈由外至？俛仰前鑒，可爲寒心。臣雖愚憒，與國家分形同氣，豈敢踈逖，禁錮明時。而夙興夜寐，忽積邱山之罪。既罹天網，已分削絀寘理；永謝執珪，乃覆載無所不容。賜臣苟活，重忝維屏。在陛下行鳲鳩之仁，臣實懷相鼠之義。所以眷戀恩澤而不能引決者，自維冥頑，無以見武皇帝於在天也。夫絶纓盜馬之臣，秦楚資其効命。今九州未得晏如，宫府未得安枕。惟願親見陛下混一區宇，以措太平。昔者賈誼弱冠，請繫單于之頸；樊噲武夫，願將十萬橫行兇奴。況臣分託懿親，少承庭訓，豈能抱釁素餐，貼玷朱紱？竊不自量，若得與耆臣宿將當一面之任，以禦西南，必能身堅銳，突鋒刃，爲士卒先，蹂吴躪蜀，事未可知。即或不幸，而以再造之餘生，歸元敵境，得名挂史末，死且不朽。然而不敢者，劍履未及乎寢門，青蠅羣集於闕下。宦官謁者，皆得伺醉飽之隙，持臣短長。伏思前恩，不可再恃，甯使天下謂先帝有無益之子，陛下有無用之臣。于是進退失厝，中夜數起，慟蓼莪之罔極，悼良朋之永歎，未嘗不拊膺而啜血也。坐是感憤，人道絶緒，年未四十，形神剷落。恐一旦違闕廷，先朝露，名澌身滅，而一二譸張小人，尚曲筆而議其後。臣非不能啼彭生之豕，奪讒慝之魄，慮陛下終不察，是以敢冒死而獻其愚。

疏上，改封鄄城侯。明年，立爲鄄城王。

按魏志，植於文帝時，僅載黄初四年上責躬應詔詩一疏；至明帝時，乃有求自試、求通親親二表。蓋隔世而嫌疑已解，始敢盡言耳。補擬此疏，詞義過激，意爲思王少申憤懣。若在當時，言出而禍隨矣。悲夫！

【校】

〔一〕『征虜將軍』，原作『征膚將軍』，形近而誤，今改正。

〔二〕『敕戒』，原作『救戒』，三國志卷十九作『敕戒』，據改。

擬宋玉對楚王問

楚襄王問於宋玉曰：『先生得無惡於世乎？何毀者衆而知之希也？』宋玉對曰：『大王知臣，臣死不恨。辱垂明教，敢畢其隱。夫距來之鏃，猛懾飛走，而不能近制乎蟣蝨〔一〕。蜚景之鋒，銛剸犀象，而不能小試乎犬羊。庖丁割雞，烏獲搏鼠，王良、造父御木偶，臣決其無能爲矣！拊伯夔之磬而鳳儀，降闕里之書而麟至，豈所望於羣蠢蠢者耶？今之好色者曰左白台、右閭須，人皆笑之，謂世之必無是也。若夫妖童盤唱，善蠱誨淫，則贈勺藥而要上宫之期者，猶羶之集蠅矣。落落莫莫，與世悠忽，臣惟不爲羶也，以至於斯，而何惡焉？』

宋玉既奏高唐、神女之賦，王夜夢與神通，於是精移氣渙。令尹聞之，顧以燕見，曰：『王憊矣。何宋玉之導王以淫也！』王亦曰：『噫，憊矣。是宋玉之導寡人也。』召而讓之。宋玉對曰：『臣萬死，請畢一言。臣聞古先哲王有因夢而求賢者矣，未聞以夢罪其臣也。臣不足惜，恐盈廷之觀望者，將聽黜陟於王之夢中矣。且臣不能導王之身於明，安能導王之心於冥？使臣日陳羲農之元化、唐虞之瑞應、禹湯文武之丕績，瑰異動聽，非不侈於神女之怳惚也，而王夢耶？否耶？自臣爲此賦，王後宫之幸者羣怨臣。臣竊見今令尹者，歲納歌舞麗人充王之後宫。然則王之淫不淫，臣不敢知；臣之導不導，王必有説矣。』言未畢，王顧令尹而蹙頞，曰：

『嘻，子休矣。宋玉不導寡人淫也。』

【校】

〔一〕『蟣蝨』，原作『機蝨』，形近而訛，今改正。

睡鄉記

睡之鄉，廣與天地等，去人世甚近，人日一至且數至焉，卒失道而之他，蓋至猶不至云。其土無垠，無城郭宮室，故名曰鄉。其氣温温然，無寒暑晦明。其俗渾渾然：無帥長，故無順逆；無禮法，故無是非；無嗜欲，故無愛憎；無文章，故無名譽。自然而已。或曰是鄉皆寓公，故志乘闕如也。其初混沌氏居之。混沌氏之冑曰華胥氏者，别建邦於弇州之西、台州之北，曰華胥氏之國。黄帝游而樂之，由是問途者衆。國人以爲擾，乃割睡鄉十之一，築城以館之，曰夢城。自王公士庶以逮乞丐倡妓，一旦而措置遂滿。凡世間富貴之不可致、情欲之所不可達、理勢之所不可施者，城之中備具。周末魯孔氏思周公不得見，亦於此一值焉。於是游斯城者，日夜萬萬計，而睡鄉特假途耳。

睡鄉既遼廓矣，其人又坦易無機心，往不追，來不拒。有彝狄氏者，又侵其地十之一，爲醉鄉。醉鄉者，亦無城郭，有邱池，多險阻，其人悲喜不常，語默失度，酣嬉昏瞀，更千百年，彝狄之風未泯也。夏王乘四載過其地，幾溺焉。惡而伐之，不克，故至今彊盛。然世之游夢城與醉鄉者，反必號於人曰：『吾游睡鄉。』而人不以爲誑，蓋不知其過而不留也。孔氏之弟子曰宰我，慕睡鄉之淳寂，日中而命駕，孔氏以爲好游廢學，且不時，切責之。最後惟華山陳希夷隱是鄉久，深知之，不以告人。馮翊寇朝一從之游，粗知其崖略，稍稍洩於其友劉垂範。垂範爲輯混沌譜行世，覽者多不能通解。獨其樂章名華胥雙門引者，不斤斤於律吕，人自爲調，雖田夫里嫗皆歌之。今余亦將老是鄉，故詳述斯記，以示世之能卧游者。

范雙玉畫記

墨畫松石一幀，吴綾縱二尺二寸，横一尺。長松二，拳石二，無雜樹，無高山大溪，自然静遠，蓋倣倪高士筆也。右側署四字曰『秦淮范珏』，秀逸近曹娥碑。小印二，曰『范瑴之印』，曰『比玉』。壓角印曰『獨嘯齋』。珏字雙玉，明季金陵妓，名載無聲詩史。

余見此於吴山書肆，買歸，易裝治焉，既囊以錦，復匣以楠。客過而笑曰：『子自謂好古者耶？而醉心於二百年前之一妓，何好之賤也？』余應之曰：『子亦知是爲二百年前之妓，然則惡得以妓賤之哉？夫天之不以貴賤限人者，惟有文章、書畫，下此則技能而已。二百年來，龔春、時大彬、陳用卿之砂礶，黄元吉、歸懋德之錫，周柱之嵌鑲，趙良璧之梳，馬勳、荷葉李之扇，濮仲謙之竹器，吴明官之窑，以至張銅之銅，洪漆之漆，范崑白之三弦子，傳流至今，人得其一器，摩挲愛玩，無異金玉珠寶，群作僞者，且得竊其名以射利。而當時縉紳先生，才足以躋權要，勢足以嚇鄉里，未數十年，灰飛煙滅，欲與一砂礶、一錫、一嵌鑲、一梳、一扇、一竹器、一窑、一銅、一漆、一三弦子争一日之聲價而不可得。而此妓能以畫傳，其聲價又出一砂礶、一錫、一嵌鑲、一梳、一扇、一竹器、一窑、一銅、一漆、一三弦子之上。然則余心醉心於此〔一〕，深有感於一砂礶、一錫、一嵌鑲、一梳、一扇、一竹器、一窑、一銅、一漆、一三弦子之不若者，而不知此妓何以得此於二百年前也？惡得以妓賤之哉！』客愈不謂然，笑去。

【校】

〔一〕二『心』字疑有一衍。

道光壬辰科浙江鄉試硃卷

舉賢才曰焉知賢才而舉之曰舉爾所知

賢才舉而政以全，無失其所知而已。夫賢才之舉，所以輔政也。仲弓有『焉知』之慮，而夫子以所知爲斷，故終以舉勉之。且任官惟賢才，其任也由乎舉，而其所以任也恃乎知。顧舉之不難，而知之則難。知而舉之不難，必所舉之皆其所知則難。聖若賢反覆以求詳，亦惟自盡其不容己之心。而知之心盡，即舉之心已無不盡。仲弓問政，而子告以『先有司，赦小過』也。若曰『爾知所當先，則先之；爾知所當赦，則赦之』而已。至於政之所繫，更在賢才。則宰之所重，不在知賢才，而在舉賢才。獵名譽者非舉，逐聲氣者尤非舉，特恐易視夫賢才，而所舉已流於濫情，亦知俊彥斷難遍識。而旁求孔亟，初不以引援博知己之稱，則舉之者公矣。狥衆論者非舉，逞獨見者亦非舉，特恐難視乎舉，而賢才莫展其長情，亦知登進非有殊塗。而衡鑒在心，初不以薦剡矜克知之目，則舉之者正矣。乃夫子但渾言舉也，以爲舉之則其所知不待問也。如之何而以『焉知』爲慮也？乃仲弓則慎言知也，以爲知之則其所舉始可信也。如之何而後所知無負也？於是夫子且合言知與舉也。以爲爾循爾之分，爾知則爾舉也。如之何昧所舉而失所知也？若此者，以舉副知，即以知濟舉也。而竊謂夫子與仲弓之心，則更有進。負匡時之略，不屑倉卒以就功名。斯不求知而知愈難，而何況乎舉？夫所謂知者，非於舉之先別致其推詳，欲於舉之後適符其分量也。萬不至責備求全，吝禄位以隳士氣。而但使沾沾自喜，惟恐豪傑之不出吾門，則仕塗已窒也。仲弓曰『焉知』，正非一無所知也。竊願操斯世選舉之權者，同此虚懷耳。結好士之誠，不肯苟且以淆鑒别。斯嚴所舉而舉愈隘，而何有於知？夫所謂舉者，非因舉而始見爲知，實因知而克成夫舉也。萬不能兼收博采，空巖穴以盡奇材。而但使息息相關，惟恐遺佚之先由我致，則此心共白也。夫子曰『舉爾所知』，正非自私其舉也。竊願持斯世薦舉之衡者，識此大體耳。賢才之舉，所以尤重於『有司』『小過』也。明夫人知即己知，而舉不勝舉矣。

後世有述焉吾弗爲之矣

不可述而述，聖人以弗爲自決焉。夫有述於後，而僅爲素隱行怪也，是無裨於世矣。決之曰弗爲，非聖人之强乎。且名者，實之賓也。不必論彼之有不有，先自問吾之爲不爲。使徒震乎其名而儼然爲之，而吾之自待已疏。即或昧乎其名而適然爲之，而吾之所操已失久矣。夫欺世之名，不足爲定論也，有如素隱行怪是已。夫世之爲素隱行怪者，吾甚惑焉：理本常也，而故變之；事本夷也，而故險之；情本直也，而故曲之。惟自率其私心，以新一時之觀聽而已，倖邀没世之稱。而後世之述素隱行怪者，吾尤懼焉：述其理之變而以爲常，述其事之險而以爲夷，述其情之曲而以爲直。不過竊其餘智，以文末學之矯誣而已，陰奪小儒之守。是其述於後世也，彼所不及料也，且其有述於後世也，彼述者并不自知也。而吾特恐有述焉者，即有爲之者。述或在功業，述或在文章，而茲之所述，初無實際也。學不必則古稱先，行不必居仁由義，而但逞一人之臆見，窮幽僻而獨創其奇，則此中自有藏身之固。況乎述之者彌詑其難，而爲之者轉貪其易也，而津津者且盈吾耳矣。述或在衆好，述或在阿私，而茲之所述，并無成見也。以不近人情爲可喜，以不循軌跡爲可驚，而惟挾己意以孤行，出名教而獨成其是，則此外别無自便之方。況乎述之者惟覺其甘，而爲之者愈忘其苦也，而籍籍者幾動吾心矣。雖然，吾弗爲之矣。必待述者之引我以爲而始，皇然辨之，則其惕厲乎爲者猶可摇。以吾服習有年，作述久昭明備，而好惡不敢拂人之性，即舉動初無悖俗之嫌。切而指之，曰『弗爲』，不啻設一素隱行怪之形，作之監而立之史也。是則述焉者之堅吾志也。必待述者之迫我以爲而始，毅然去之，則其戒慎乎爲者猶不力。以吾操存有素，著述可示來茲，而一息不敢參以强制之情，即一念不敢涉於異端之介。嚴以絶之，曰『弗爲』，不啻舉一素隱行怪之號，策其後而鑑其前也。是則述焉者之作吾氣也。聖人之言若此，蓋聖人之强若此。

以遏徂莒以篤周祜以對于天下此文王之勇也

遏敵而天人應之，有文德者亦以勇著矣。蓋徂莒之遏，順天人之心也。而詩所云『篤之對之』者，良有以矣。微文王之勇不及此，且世之論聖人者往往歌詠天庥，導揚主德，以是爲文治所由興也，而威烈概從略焉。夫聖人無樂耀其功名之意，而一代之天人應之，即一時之意氣徵之，勿謂丕顯之謨，不緣攘外而光也。皇矣一詩，述文王之怒而整旅，亦謂密人不共，阮疆莫保，惟是以奉若天道者，爲天下驅除難耳。其敢曰天錫之勇，我國家實賴之哉。聲色不大，惟帝懷焉；德音是貊，惟民順焉。興小邦而附大邑，歌功者曰，此畔離歆羨之胥忘也。詢爾仇方，靈承於帝焉；同爾兄弟，靈承於旅焉。劑賞罰以協神人，載筆者曰，此推亡固存之所係也。詩不更云乎：『以遏徂莒，以篤周祜，以對于天下。』則知天之保佑有自來，而天下所以繫望文王者，又非今日始也。陳常者，祜之初；省山者，祜之漸；專征授伐者，祜之成。天實右序我周，而必獲福於嘉兵之日，豈十五王之忠厚，不足上享天心？然威曰天威，罰曰天罰，善承厥命者默佑之，天無私也。王者克篤前烈，彼蒼申命用休，卜世三十，卜年七百，胥以此肇其基爾。粒食之，天下懷其祖；服事之，天下懷其身；修文偃武之，天下懷其子。王實怙冒萬方，而第慰望於出師之際，豈五十年之赫濯，不足允洽輿情？然刑曰義刑，殺曰義殺，乎於大共者衆與之，人無私也。一王克成厥勳，天下哀時之對，大邦懷德，小邦懷力，胥因此集其成爾。夫文王亦何嘗以勇稱？而不知帝之眷，眷以此也；邦之昌，昌以此也。此文王之勇也。第翹然挾勇蓋天下之心，則錫命以前，豈不足以勤遠略，何以昆吾可事？且不聞以鄰邦易玩，漫假乎弓矢鈇鉞之靈，則知文王正不願以勇顯也。而師貞之法更奇，第退然無勇震天下之跡，則强藩自擅，亦非所以事干城。彼夫西伯戡黎，且不聞以奔告見疑，自阻其戎馬兵戈之氣，乃知文王并不必以勇藏也。而類禡之勛益大，此周業所以隆，天下所以悦也。更觀武王之勇，王亦可知所好矣。

賦得因雲灑潤 得『流』字五言八韻

潤物敷甘澍，因時灑素秋。水從銀漢瀉，雲擁碧天流。出岫層霄迴，爲霖大地周。無聲匀繡野，有影羃芳疇。紺宇輕陰合，青冥宿靄留。羅紋横貝闕，珠點躍龍湫。渥慰三農望，祥徵五色浮。光華賡糺縵，聖澤普方州。

憶雲詞

憶雲詞序

蓋聞雍門揮弦，孟嘗君爲之掩泣；桓伊撫箏，謝太傅因而殞泪。有觸斯發，殆有不能自已者乎。予自悼傷以來，每讀昔人哀怨之詞，則萬感之交集也。今秋，杭州許邁孫先生重梓其鄉人憶雲生所爲詞四卷，而命予序之。予觀其字必色飛，語必魂絶，雖皆緣情綺靡之作，感遇怨悱之旨，而使人鏘鏘洋洋，悽然以思，黯然以悲。凡吾身之所直，目之所接，纏緜悱惻，煩冤鬱積，低徊而不能自言者，皆若於是編具焉。楚之騷耶？庾之賦耶？抑漆室之嘯，而韓娥之歌耶？雖然，予聞之邁孫，憶雲生家世王謝，富埒陶衞，則夫吴簫乞食之辱、臯廡賃舂之勞，固知免矣。然而奇律莫采，逸步終蹶，茵溷飄泊，關河棲屑，洗馬度江之歎，琅邪登山之慟，故以印追往古，俯感來禩。况乎非介推之隱，而竟罹焚山之災；異湘纍之放，而幾有懷沙之厄。積恨銷骨，古愁塞胷，越唫自哀，湘血彌豔。其志其遇，蓋可悲也。

嗟乎！不爲無益之事，何以遣有涯之生？自序中語。此其詞之所由傳歟？且夫瓠梁託弦以流音，思同調也；中山聞樂而屑涕，感曼聲也。僕本恨人，矧當瑟尻。水僊不來，孤唱誰龢？山鬼獨笑，對景忽絶。目送浮雲，心惕逝川。寄愁何處，薶憂無地。撫斯卷也，詎能不懷東山而斷腸，望西麓而獻弔者哉？若夫以代興之才而爲起廢之舉，篤曠世之誼而抱絶軫之痛，補白石之小傳，訂碧山之遺音，如吾邁孫者，尤近代所罕覯矣。憶雲生安在乎？吾將具杯酒以告之。

光緒癸巳秋九月，金匱鄧濂。

項君小傳

仁和譚獻撰

項君鴻祚，字蓮生，錢唐人。道光十二年舉於鄉。家世業鹽筴，至君漸落。性湛然耆古，嘗避喧南山，讀書僧院，就泉看山，無復塵念。姊聟許文恪公視學江西，君偶從之。一日，游百花洲，意有所感，輕舟徑歸，不以告也。君文辭爾雅，詩不多作，善填詞，幽異窈眇，浸淫五代兩宋，而擷精弃滓。好擬温、韋以下小樂府，津逮艸窗、夢窗，蹊逕既化，自名其家。談者比之江淹襍體詩云。手訂詞稾，矜慎多芟削，最後存憶雲詞甲乙丙丁稾四卷行於世。先是，家被火室燬，奉母應文恪之招於京邸，途次遇水，母與從子皆道殁。君蒼黄歸，幽憂疾病不自振。既再上春官，被放，轗軻久，遂卒，時道光十五年也。君詞稾自序，一則曰『不無累德之言，抑亦傷心之極致』，再則曰『不爲無益之事，何以遣有涯之生』。嗚呼，悲矣！君原名繼章，改名廷紀，卒年三十八歲。

項蓮生先生三十六歲小象

秀羸者兒玲瓏其聲南唐
五季獨抒性靈物外之游
西江與清林間之友東軒
與盟年踰長吉病比馬卿
彼蜍志者流諧笑兮長生

仁和許增謹贊癸巳政七十

憶雲詞甲稾自序

憶雲生自束髪學填詞，少作存若干首。夫詞者，意内而言外也〔一〕。意生言，言成聲，聲分調，亦猶春庚秋蟀，氣至則鳴，不自知其然也。生幼有愁癖，故其情豔而苦，其感於物也鬱而深，連峰巉巉，中夜猨嘯，復如清湘戛瑟，魚沈雁起，孤月微明。其窅夐幽淒，則山鬼晨吟，瓊妃暮泣，風鬟雨鬢，相對支離。不無累德之言，抑亦傷心之極致矣。一二知者，强附我於名勝之後，雖復悄然自疑，而學之愈篤。今乃削墨胥山之雲，滌筆娥江之水，次爲新編，以吟以歎，謂之甲稾焉。

癸未小除夕雨中書。

【校】

〔一〕『夫詞者，意内而言外也』，甲稾初刻本、四印齋鈔本均作『夫詞者，辭也，意内而言外也』。

憶雲詞甲槀

點絳脣

秋意〔一〕

夢怯秋清，小屏題徧相思句〔二〕。露濃如雨。不響梧桐樹。　采藥闌空，是舊吹笙處。愁凝佇。暗蛩無語。涼月隨人去。

【校】

〔一〕『秋意』，甲槀初刻本、四印齋鈔本均作『題尋秋圖』。

〔二〕『相思句』，甲槀初刻本、四印齋鈔本均作『傷心句』。

浪淘沙

元夜有懷

緑酒負金蕉。疊鼓春宵。小屏風底暗香焦。閒夢一牀推不去，夜夜楓橋。　往事只魂銷。雙鯉迢迢。梅花與我兩無聊。賸有眉樓弓樣月，還憶吹簫。

減字木蘭花

湖上春游

清明過了。小雨緑匀隄外草。倚櫂湖邊。絮影花香共一船。　相思人面。曾向第三橋畔見。斜日歸休。樓上春寒燕子愁。

東風第一枝

春陰

更不成晴，何曾是暝，飛絲摇漾殘晝。麴塵低蘸亭蕪〔一〕，茶煙細籠院柳。釀花天氣，早釀得、春醲如酒。莫妨他、油碧芳期，容易雨疏風驟。　縈絮粉、糢糊鴛甃。鋪楝雪、迷離翠岫。癡雲著意商量，湘波幾重皴皺〔二〕。禁寒作暖，想未管、緑鬟嘘瘦。怎知人、盡日懨懨，悶過海棠開後。

【校】

〔一〕『低蘸』，清詞綜補作『低照』。

〔二〕『湘波』，甲稾初刻本、四印齋鈔本均作『艷霧』。

聲聲慢

春聲，擬竹山

賣餳小巷，撾鼓深閨，合成一片春聲。暗逗芳心，長隄隱隱車聲。二十四番風訊，滿西湖、吹散歌聲。游倦也，正晝樓夜雨，滴碎檐聲。　又是紗窗曉霽，問驚回香夢，誰簸錢聲。燕語鸎嘐，中間卻帶鵑聲。莫更訴愁不住，怕落花、飛盡無聲。花自落，減秋千、牆裏笑聲。

百字令

春雨閉門，悵然成詠

今年春事，又悤悤過了，畫幨吹絮。畫掩蘼蕪深院静，愁鏁一庭香雨。蔭碧池塘，鬧紅臺榭，都是鳩啼處。遠山凝翠，有人還憶眉嫵。　回想趁月移船，臨風攧篷，多少閒情緒。卻是旗亭花落後，零亂酒邊殘譜。巷陌餳簫，寺門茶鼓，總負尋芳侶。斷腸無那，錦屏題徧新句。

東坡引

闌干愁倚偏。幽懷怎消遣。看花悄步閒庭院。海棠開一半。海棠開一半。　綠窗自掩，珠幨還卷〔一〕。羅帳揭、香衾展〔二〕。繡匳未整熏鑪暖。如何人不見。如何人不見。

【校】

〔一〕『緑窗自掩，珠幰還卷』，甲稾初刻本、四印齋鈔本均作『璁瓏牕户，重重虚掩』。

〔二〕『香衾展』，甲稾初刻本、四印齋鈔本均作『珠簾捲』。

河傳

秋雨

秋雨。千縷。灑方塘。攲枕西堂夜長。梧桐葉兒風打窗。新涼。薄衾閒半牀。　愁裏畫屏天樣遠。銀燭短。夢也無人管。怕相思。越相思。除非。影兒權作伊。

南歌子

卓女鑪邊酒，崔孃畫裏人。一餉楚臺春。端詳依舊是，瘦腰身。

綺羅香

感舊

幰影移香，池痕浸渌，重到藏春朱户。小立牆陰，猶認舊題詩句。記西園、撲蝶歸來，又南浦、片帆初去。料如今、塵滿窗紗，佳期回首碧雲暮。　華年渾似流水，還怕啼鴂催老，亂鶯無昏吹暗雨。

主。一樣東風，吹送兩邊愁緒。正畫闌、紅藥飄殘，是前度、玉人凭處。賸空庭、煙草淒迷，黄

臨江仙

有限春宵無限夢，夢回依舊難留。淚珠長傍枕函流。書來三月尾，鐙盡五更頭。　見説而今容易病，日高還掩妝樓。桃花臉薄不禁羞。瘦應如我瘦，愁莫向人愁。

東風第一枝

擬小山

鬬草庭閒，簸錢院静，東風吹滿香絮。薄寒尚勒花期，天意似催春暮。杏梁歸燕，幾曾會、相思言語。便等閒、飛入盧家，不帶離魂同去。　空自想、俊游伴侣。又頻惱〔一〕、酒邊心緒。鸞牋待寫深情，腸斷都無新句。初三下九，問舊約、更誰憑據。怕有人、蹙損雙蛾，日日畫樓聽雨。

【校】

〔一〕『又頻惱』，篋中詞作『又煩惱』。

瑞鶴仙

擬夢窗

漏瓊侵鈿瑄。正依依夢別，小坊幽院。熏衣練香輭〔一〕。掩金蟬組帳，密鐙慵翦〔二〕。翠尊自暖。未相思、柔腸寸斷。恨燕翎、不寄雲牋，十二碧城天遠。蔥蒨。螺心睡髻，鳳眼橫釵，賦情難遣〔三〕。烏絲淚滿。詩寫在，舊團扇。算嗁鵑枝上，烘愁澹月，曾識秋孃半面。看今宵〔四〕、兩處凭闌，是誰病慣〔五〕。

【校】

〔一〕『香輭』，甲稾初刻本、四印齋鈔本均作『香染』。

〔二〕『密鐙』，甲稾初刻本、武林鴻文齋姚氏刻本、四印齋刻本作『蜜燈』。

〔三〕『難遣』，甲稾初刻本、四印齋鈔本均作『空豔』。

〔四〕『看今宵』，甲稾初刻本、四印齋鈔本均作『趁今宵』。

〔五〕『是誰病慣』，甲稾初刻本、四印齋鈔本均作『看誰瘦減』。

戀繡衾

擬草窗

漏殘酒醒鐙半昏。被池寒、檀篆自熏。想月轉牆西角，悄無人、愁過夜分。揉藍帕子餘香在，怕如今、添了淚痕。夢不到梨花院，任東風、吹作碎雲。

風入松

擬蜕巖〔一〕

垂楊絲雨小窗前。溼粉墮香緜。東君不是繁華主，怕悤悤、信了𠲜鴂。要趁楝花風起，送他桃葉舟還。每逢三月病懨懨。詩負衍波牋。連宵嬾索金蕉飲，有篝鐙、知我無眠。忽憶去年今夜，春寒第幾樓邊。

【校】

〔一〕甲稾初刻本、四印齋鈔本無詞題。

南浦

詠柳

春水漲谿渾，是濛濛，昨夜楊花吹徧。走馬問章臺，長隄外、和雨和煙一片。纖腰自舞，料應未識相思怨。可惜笑桃人別後，孤負年年青眼。怪他眠起無端，好光陰、都付小鶯雛燕。不向陌頭看，争知我、盡日魂銷腸斷。絲絲縷縷，幾時繫得東風轉。且去西泠橋畔等，萬一檥船重見〔一〕。

【校】

〔一〕『重見』，篋中詞作『相見』。

水龍吟

詠敗荷

瑶池昨夜新涼，一奩環珮秋聲碎。多應卷盡，晴絲萬縷，静香十里。鷺帳盟寒，鴛鶩夢冷〔一〕，畫闌誰倚。賸吴娃小艇，采芳重到，料比似、人蕉萃。可是淩波僊子。嫁西風、豔妝都洗。碧筩唤酒，紅衣試舞，舊懽難記。怕點清霜〔二〕，怕逢疏雨，怕隨流水。算關心、只有跳珠零亂，作相思淚。

【校】

〔一〕『夢冷』，原作『夢泠』，據甲稾初刻本、武林鴻文齋姚氏刻本改。

〔二〕『清霜』，清詞綜補作『青霜』。

天　香

末麗〔一〕

紈扇涼輕，紗幮月静，嫩陰淺隔庭樹。豔雪玲瓏，小蓮蒽蒨，清絶自然無暑。蘭姨蕙姊，可相識、蕊珠儔侶。最稱晚妝浴後，熏風暗飄窗户。　凭闌幾番摘取。下瑶階、茜裙霑露。待翦冰絲穿就，茗甌閒貯。莫道羅幬夜短，更攜得、瓊芳鬢邊覷。一枕秋香，催人夢雨。

【校】

〔一〕『末麗』，甲稾初刻本、四印齋鈔本均作『詠末麗』。

玉漏遲

題飲水詞後

寄愁何處好。金匳怕展，紫簫聲杳。十幅烏絲，寂寞怨琴悽調。猶憶籠香倚醉，是舊日、承平年少。蕉萃早。詞牋賦筆，半銷衰草。　最憐渌水亭荒，曾幾度留連，幾番昏曉。玉笥薶雲，付與後人憑弔。君自孤吟山鬼，誰念我、嗁鵑懷抱。消瘦了。恨血又添多少。

沁園春

詠帳

卷起湘幰〔一〕，是誰留住，巫山片雲。愛流蘇百結，遥連步障，琉璃四角，低壓文裀。梅影籠宵，楊花撲晝，裹許元來别有春。閒思想，自同心撒後，不怕黄昏。　輸他見慣横陳。笑比似、紅牆隔幾層。記銷金寒重，枕憐雙粲，輭綃涼透，牀怯初分。珠絡明懸，香篝暗滅，圍得柔鄉到曉温。無眠夜，聽珊瑚鈎響，第一銷魂。

【校】

〔一〕『湘帘』，甲稾初刻本、武林鴻文齋姚氏刻本、四印齋鈔本均作『湘羅』。

醉太平

清涼亭聽亞雲校書彈琵琶

橋橫碧汀〔一〕。山圍翠屏。小亭弦索淒清。襍谿聲樹聲。　煙籠鬟青。風吹酒醒。幾時待訪雲英。趁江船月明。

【校】

〔一〕『碧汀』，甲稾初刻本、四印齋鈔本均作『碧陰』。

玉漏遲

聞落葉

西風無著處。如今閒了，斜陽高樹。摇落江潭，一片亂雅飛去。客思吟商最苦，更銷得、庾郎愁賦。深院宇。殘螢斷雁，伴人悽楚。　誰憐病枕難禁，正颯颯吹來，蕭蕭不住。采緑前游，空有砌蛩能訴。彈指幾番怨恨，怕化作、漫天碎雨。君聽取。涼聲又驚秋暮。

綺羅香

和碧珊

借病瞞愁，判閒作夢，單枕又驚春半。小揭珠嵰，隱隱似聞微歎。羅帕重、灑淚成鵑，錦牋長、寄書尋雁。莫因循、誤了芳華，柔腸能得幾回斷。題紅前事謾省，空任香銷粉蠹，舞衫歌扇。除卻榴裙，瘦盡楚腰誰見。防夜約、拜月推寒，厭晨妝、蹋青嫌遠。最無情、最是飛花，曉風吹不轉。

浣谿紗

詠竹夫人

慣把橫陳惱謝孃。兒家生小住瀟湘。虛名賺殺楚襄王。不爲心靈因底瘦，只愁緣盡轉嫌涼。思君欲斷更無腸。

徵招

感秋

茂陵不爲傷秋病，西風自吹人瘦。天闊雁書稀，只恨凝蛾袖。麝煙寒易燼，賸斷夢、年年依舊。離緒無端，俊游都謝，那禁杯酒。　雨驟〔一〕。戰長宵，梧桐樹、葉葉亂捎鴛甃。任道莫銷魂，到銷魂時候。黄花開過否。第一是、重陽前後。拚夜闌，挑盡篝鐙，與影兒厮守。

【校】

〔一〕『雨驟』，甲稾初刻本、四印齋鈔本均作『驟雨』，則下闋首句句讀須改爲『驟雨戰長宵』。

齊天樂

題帕

翠鄉不暖行雲夢，如今畫屏遮斷〔一〕。霜咽疏鐘，風沈斷漏，依舊謝孃難見。涼宵曲譔。只月滿樓空，舞慵歌倦〔二〕。痛惜前懽，砑光裙上茜香滿〔三〕。　佳期容易閒阻，自從銀漢隔，天遠人遠。燭釦閒情，船箏夜約，分付亂蛩新雁。誰憐瘦減。料孤負年年，繡衾羅薦。願作紅綃，揾盈盈淚眼。

【校】

〔一〕『遮斷』，甲稾初刻本、四印齋鈔本均作『都掩』。

〔二〕『舞慵歌倦』，甲稾初刻本、四印齋鈔本均作『酒清愁釅』。

〔三〕『茜香滿』，甲稾初刻本、四印齋鈔本均作『茜香染』。

浣谿紗

襍憶

欲寄花牋與小蘋。空留鸎語到黄昏。幾時飛向苧蘿邨。　繡被寒添渾似水，篆鑪香燼不成雲。每思前事一銷魂〔一〕。

【校】

〔一〕『一銷魂』，甲稾初刻本、四印齋鈔本均作『暗消魂』。

又

曾向西池采玉游。可人天氣近中秋。半年前事到心頭。　今夜夢魂何處去，一重幮幕一重愁。重重遮斷舊妝樓。

采桑子

吴子律索看近詞，賦此答之

霜紅一樹斜陽冷，墮葉驚蟬〔一〕。衰草如煙。倦枕支秋夢不全〔二〕。　浮名只爲填詞誤，詩酒流連。花月因緣。寫入烏絲盡可憐。

【校】

〔一〕『墮葉』，甲稾初刻本、武林鴻文齋姚氏刻本、四印齋鈔本均作『墜葉』。

〔二〕『支秋』，甲稾初刻本、四印齋鈔本均作『知秋』。

卜算子

贈蕅卿

花落小樓寒，客散重門静。明月隨人出畫廊，曲曲闌干影。　淺醉幾曾忺，薄睡悤悤醒〔一〕。也似相思也似愁，人比秋風冷。

【校】

〔一〕『悤悤』，國朝詞綜續編作『更番』。

減字木蘭花

春夜聞隔牆歌吹聲

闌珊心緒。醉倚緑琴相伴住。一枕新愁。殘夜花香月滿樓。　繁笙脆管。吹得鏡屏春夢遠〔一〕。只有垂楊。不放秋千影過牆。

【校】

〔一〕『鏡屏』，甲稾初刻本、武林鴻文齋姚氏刻本、四印齋鈔本、國朝詞綜續編、篋中詞均作『錦屏』。

湘月

壬午九月，避喧於南山之甘露院，就泉分茗，移枕看山，相羊浹旬，塵念都淨。出院不百步，越小嶺，即虎跑也。嘗月夜獨遊，清寒特甚，賦念奴嬌鬲指聲一闋紀之

繩河一雁，帶微雲澹月，吹墮秋影。風約疏鐘，似喚我、同醉寺橋煙景。黄葉聲多，紅塵夢斷，中有檀欒徑。空明積水，詩愁浩蕩千頃。　乘興欲叩禪關，殘螢幾點，颭寒星不定。清夜湖山，肯付與、詞客閒來消領。跨鶴天高，盟鷗緣淺，心事塘蒲冷〔一〕。朔風狂嘯〔二〕，滿林宿鳥都醒。

【校】

〔一〕『塘蒲』，國朝詞綜續編作『蒲溏』。

〔二〕『朔風』，甲稾初刻本、武林鴻文齋姚氏刻本、四印齋鈔本、國朝詞綜續編、篋中詞均作『溯風』。

菩薩蠻

鯉魚風起芙容老。金鸞屏展釭花笑。稍覺蒨衣單。玉人心裏寒。　瀟湘天一尺。蹙破眉峰碧。箏雁不能飛。悔將情訴伊。

浣谿紗

秋夜，夢偕數客，過趙氏小山堂，分韵賦落葉詞。余得『斜陽一樹待雅歸』之句，一座擊節，主人淒然泣下。醒而忘其全，因足成之

淺幘涼尊事已非。西風催換薜蘿衣。小山堂下舊人稀。　秋水滿塘隨鷺宿，斜陽一樹待雅歸。再來惟有夢依依。

高陽臺

弔舊曲

麝帶愁香，犀帷夢玉，金猊暖壓氍毹。病怯朝眠，涼雲吹度平湖。畫橋煙鏁分攜路，正馬嘶、殘雨荒蕪。更銷凝，鬢老花稀，雁到書無。　離情不恨吹橫篴，恨琴邊枕瘦，酒後鐙孤。側帽垂鞭，臨風可奈清臞。緑楊天半紅泥閣，數舊人、惟有筝奴。待重游，怕聽鉤闌，弔月嘑蛄。

江城明月引

是誰深院夜調笙。霧冥冥。月盈盈。過了燒鐙時節，峭風輕。幾日後堂新攏鏁，閒繡譜，冷緗奩、掩畫屏。　畫屏。畫屏。最無情。天又明。寒漸生。喚也喚也，喚不應、一枕春酲。

偏我銷魂，人聽賣花聲。碎翦夢雲裁恨句，尋曉燕，盼昏雅、寄與卿。

點絳唇

一樣東風，杜鵑催去鶯留住。澹煙微雨。春在花飛去〔一〕。　彈指光陰，又是佳期誤。長亭暮。恨無重數。芳草天涯路。

【校】

〔一〕『花飛去』，武林鴻文齋姚氏刻本作『花飛處』。

朝中措

翠蛾輕暈鬬春紅。香暖燕泥融。撾鼓新煙院落，吹簫澹月幃櫳。　清明過了，花朝過了〔一〕，宿酒頻中。幾日小屏閒睡，緑陰更比愁濃。

【校】

〔一〕『清明過了，花朝過了』，甲稾初刻本、四印齋鈔本均作『花朝過了，清明過了』。

醉太平

有憶

詩魔酒魔。愁過病過。撩人一段横波。喚卿卿奈何。　池喧緑荷。牆圍碧蘿。驟涼亭院風多。近黄昏睡那。

又

朱顏醉酡。青衫淚多。一生閒裏消磨。問人生幾何。　新詩細哦。花梢日矬。點鐙時候難過。掩紗窗夢佗。

燭影摇紅

元夕，卧病不出

疊鼓收寒，試鐙風小珠幨卷。玉梅消瘦倚窗枝，蟾月窺人淺。十里銀笙鈿管。簇行雲、銅街繡輭。不如休去，花影重門，繁星一院。　誰念何郎，宿酲未解吟詩倦。枕屏清淚濺瀟湘，蜜炬香心短。閒裏華年自换。漏沈沈、天長信遠。春眠困頓，猶夢婆娑，舞蒠歌蒨。

玉樓春

春夜海棠花下作

燕子來時天已暝。海棠開後寒猶勁〔一〕。片雲籠月月籠花，花下珠幨幨外影。　銀燭點殘芳酒冷〔二〕。荼蘼枕上餘香艷〔三〕。玉兒春睡太瞢騰，一夜東風吹不醒。

【校】

〔一〕『勁』，甲稾初刻本、四印齋鈔本均作『緊』。

〔二〕『點殘』，甲稾初刻本、四印齋鈔本均作『燒殘』。

〔三〕『荼蘼枕上餘香艷』，甲稾初刻本、四印齋鈔本均作『醉歸扶上鴛鴦枕』。

清平樂

池上納涼

水天清話。院静人銷夏。蠟炬風摇㡘不下。竹影半牆如畫〔一〕。醉來扶上桃笙。熟羅扇子涼輕。一霎荷塘過雨，明朝便是秋聲。

【校】

〔一〕『竹影』，四印齋鈔本作『燭影』。浙江圖書館所藏甲稾初刻本，原亦作『燭影』，後『燭』字貼去，改爲『竹』字。

浣谿紗

閨中銷夏詞

嫋嫋風前玉一枝。銷魂人愛比肩時。素馨花壓鬢雲垂。　午枕生涼便楚簟，夜鐙敲雨試滇碁。此兒閒事又眠遲。

又

鏡檻書牀共綠陰。蕙鑪煙裊晝愔愔。蕭閒不受一塵侵。　玉雪輕甌挑茗眼，烏絲小字習琴心。更攜紈扇索新吟。

齊天樂

聽雪

金鈴犬吠籠鸚睡，紗窗驟添寒緒。斗帳圍香，篝鐙倚暖，預覓探春新句。吟情正苦。更索索疑風，蕭蕭似雨。謾搗紅冰，相思卻到斷腸處。　東闌有人步玉，恨鋪平蘚徑，好事偏阻。雁闊書稀，烏棲檐静，凍澀五更更鼓。纔聽又住。怕壓損階前，小梅一樹。向曉開帷，滿天都是絮。

摸魚子

殘春湖上薄游

正鴛機、花明晝錦，雨絲織到愁處。杏鈿狼藉青蕪國，前度鳳鉤香污。湖上路。問孤負、良辰美景誰院宇。殘簫倦鼓。賸占岸輕橈，垂嫌小榭，煙柳短橋暮。空贏得，采壁留題秀句。淒涼醉玉風度。舊時繫馬門前樹，一片緑陰吹霧。聽燕語。謾説道、薔薇後約今在否。銀箏自譜。儘付與紅兒，酒邊緩唱，忍淚看春去。

太常引

野桃開後柳飛緜。長自負春妍〔一〕。費盡買花錢。禁多少、風天雨天。碧城十二，紅橋廿四，往事總淒然。夢也不曾圓。只檐月、看人自眠。

【校】

〔一〕『長自』，甲稾初刻本、四印齋鈔本均作『長是』。

蘭陵王

春晚

晚陰薄〔一〕。人在荼蘼院落。秋千罷，還倚鏁窗〔二〕，花雨和煙冷銀索〔三〕。近來情緒惡。遮莫。青春過卻。單衣減，沈水自熏，酒病經年怯孤酌〔四〕。低低燕穿幕。任𣊬緑綃紅，心事難託。柳絲倚夢輕漂泊〔五〕。歎衾鳳羞展，鏡鸞空掩，思量睡也怎睡著。恨依舊寂寞。妝閣。閉魚鑰。怕唱到陽關，簫譜慵學。夜占蛛喜朝靈鵲。只目斷千里，錦帆天角。玲瓏幰月，照見我，又瘦削。

【校】

〔一〕『晚陰』，國朝詞綜續編作『嫩陰』。

〔二〕『鏁窗』，甲稾初刻本、武林鴻文齋姚氏刻本、四印齋鈔本均作『瑣牕』。

〔三〕『冷』，國朝詞綜續編作『潤』。

〔四〕『怯』，國朝詞綜續編作『忍』。

〔五〕『倚夢』，甲稾初刻本、武林鴻文齋姚氏刻本、四印齋鈔本、國朝詞綜續編、篋中詞均作『繫夢』。

祝英臺近

自題填詞圖

展香牋，斟緑醑，相對兩眉嫵。笑問多情，甘作小紅否。幾曾奉旨填詞，偷聲減字，便消受、華年一度。　自吟苦。任教采壁旗亭，争唱玉田句。金縷琵琶，嗚咽怨秋雨。可憐青兕今生，封侯無分，儘修得、劉郎花譜。

憶雲詞乙稾自序

余嘗集癸未以前之詞爲一卷，自序而刻之。甲申至今，四五年來復得數十闋，因次第成續稾，編以甲乙，從吳夢窗例也。近日江南諸子，競尚填詞，辨韵辨律，翕然同聲，幾使姜、張頫首。及觀其著述，往往不逮所言，而弁首之辭，以多爲貴，心竊病之。余性疏慢，不能過自刻繩，但取文從字順而止。削稾既竣，仍自識數語，雅不欲與諸子抗衡，又何敢邀名公鑒賞耶？

戊子十一月十七日，小墨林書。

憶雲詞乙稾

南浦

春水，追和張玉田韵

一片縠紋柔，釣船開，畫出銀塘初曉。花雨颺微瀾，東風静、鏡裏山眉濃埽。皴紅皺碧，樓臺倒影朱闌小。幾日鴨頭新漲暖，沁滛護隄芳草。最憐賦别江郎，正緑波、南浦銷魂未了。雙槳送桃根，眠鷗認、還是湔帬曾到。相思渺渺。武陵重去僊源悄。柳下輕萍纔數點，昨夜絮飛多少。

高陽臺

詠馬湘蘭硯，硯背有雙眼，并王百谷小篆『星星』二字。馬自銘云：『百谷之品，天生妙質，伊以惠我，長居蘭室。』

豔曲題帬，明鄭之文作白練帬院本，演百谷、湘蘭故事。清聲碎玉，湘蘭理鬟，墮一寶釵，徐語侍兒曰：『久不聞碎玉聲矣。』消磨何限歡埸。俠骨飄零，當時留贈蕭孃。雲腴纔得如人膩，埽輕塵、澹寫瀟湘。好收藏，小字星星，舊署王昌。　銀鉤慣寄相思札，問頭陀知否，百谷有小印，曰『王頭陀』。宿願應償。淚眼盈盈，紅絲不繫柔腸。可憐片石經塵劫，數秣陵、遺事蒼涼。最難忘，煙月妝樓，孔雀庵旁。湘蘭故居在金陵孔雀庵側。

疏　影

餅梅

南枝凍折。映秋屏素几，還帶殘雪。縹粉新瓷，留貯春痕，不管麗譙吹徹。金尊記向西園醉，甚容易、酒闌歌闋。正相思、忽到窗前，小占畫簾香月。　休憶宮檐舊事，無風先自墮〔一〕，幽恨層疊。倚偏危闌，夢偏重衾，不是籬邊時節。一般也有橫斜影，伴寒夜、短檠孤絕。怕倩魂〔二〕、空繞羅浮，卻是故人初別〔三〕。

【校】

〔一〕『自墮』，武林鴻文齋姚氏刻本、四印齋鈔本均作『自墜』。

〔二〕『倩魂』，四印齋鈔本作『倩魄』。

〔三〕『卻是』，四印齋鈔本作『卻似』。

浣谿紗

青粉牆低柳倚門。疏㡘斜入燕尋人〔一〕。最難消遣是深春。　閒凭繡牀思夢笑，怕繙簫譜見嘑痕。櫻桃花下又黄昏。

【校】

〔一〕『斜入』，武林鴻文齋姚氏刻本、四印齋鈔本、國朝詞綜續編均作『斜日』。

齊天樂

宿雨初收，春游尚阻，賦此遣懷

溼雲初放紅樓曉，絲絲雨殘猶隕。澹寫山眉，輕籠日腳，笑我清游無分。餘寒尚緊。恁纔過春分〔一〕，海棠吹盡。忽憶蘇隄，香泥多少韉塵印。　閒愁幾番自遣，一鳩嘑午寂，難寄芳訊。小市評花，幽坊換酒，誰念鬢茶風韵。蟾蜍硯潤。記采壁題名，舊時疏俊。待約明朝，刺船應未穩。

【校】

〔一〕『恁』，武林鴻文齋姚氏刻本、四印齋鈔本均作『怎』。

點絳脣

秋晚，登吴山邃秀堂，王道士芳谷留飲至月上

雨後鳴蟬，晚天雲破柴窯碧。道人留客。一笑綸巾側。　缺月飛來，挂在疏林隙。秋無

迹。倚闌横篴。酒醒微涼入。

謁金門

湖上暮秋[一]

秋水漫。鴨陣怯波分散。烏桕紅飛霜葉亂。夕陽山一半。雲被晚鐘敲斷。兩兩歸舟相唤。煙月滿湖人不管。畫橈齊占岸。

【校】

〔一〕『湖上暮秋』，武林鴻文齋姚氏刻本、四印齋鈔本均作『湖上暮』。

減字木蘭花

江干雪意[一]

雲低天重。銀海無聲千頃凍。一抹炊煙。凝在疏林小市邊。詩情跌宕。何必灞橋驢背上。乘興來游。更著蓑衣唤釣舟。

【校】

〔一〕『江干雪意』，武林鴻文齋姚氏刻本、四印齋鈔本均作『江上雪』。

菩薩蠻

春静

春寒不度垂楊樹。風幰澹澹吹香絮。霏雨午天晴。隔花聞笑聲。嫩篁微解籜。鏡檻新陰薄。斷續水沈煙。燕窺人晝眠。

燭影揺紅

鐙下聽琴孃吹洞簫，窗外雨聲間作

潤澀琴絲，暗敲窗竹人初定。膽缾清瘦小桃枝，屏底娟娟影。象局嬌嫌袖冷。倚瓊簫、閒銷夜永。紅牙按到，自琢新詞，緩吟細聽。揺曳無端，恰如煙裊沈香鼎。曲中約略度殘更，淅淅檐聲静。錦瑟華年謾省。笑何曾、柔鄉醉醒。歌樓銀燭，第一難忘，恁時風景。

菩薩蠻

彈琵琶

檀槽細響龍香撥。玉纖攏袖雙條脱。深院落花天。鷽嗁楊柳煙。驟如風雨歇。萬里關山月。眉黛一痕愁。湘雲入鬢流。

朝中措

秋海棠

片時春睡夢難尋。重見短牆陰。一様緑肥紅瘦，斷腸偏是而今。　燕支澹注，雨中人遠，畫裏愁深。倚醉漫燒銀燭，砌蛩訴出秋心。

攤破浣谿紗

渡江作

爲有雲屏無限嬌。碧紗如夢看吹簫。銀燭翦殘花氣暖，憶春宵。　半醉半醒何處去，背人獨自上蘭橈。今夜離魂隨別恨，趁回潮。

太常引

客中聞歌

杏花開了燕飛忙。正是好春光。偏是好春光。者幾日、風淒雨涼。　楊枝飄泊，桃根嬌小〔一〕，獨自箇思量。剛待不思量。吹一片、簫聲過牆。

【校】

〔一〕『桃根』，清詞綜補作『桃花』。

洞仙歌

得家書

櫻桃帶雨，近窗櫳低亞。閒裏悤悤過春社。正高城畫角、吹夢無端，天漸曉，夢到水精㡘下。　夢殘鶯喚起，卻道書來，小印分明玉人寫。冷語最銷魂、花待郎歸，待郎歸、可憐花謝。若留得、西湖柳緜兒，定說與卿卿、似儂游冶。

虞美人

歸自越中

畫船打槳催將去。愁聽烏篷雨。越王臺上夢迢迢。人在亂鶯聲裏、過花朝。　歸來重見東風面。楊柳青如綫。碧桃還有幾分留。爲我一春湖上、不曾游。

百字令

將游鴛湖，作此留别

嗁鶯催去，便輕帆東下，居然游子。我似春風無管束，何必揚舲千里。官柳初垂，野棠未落，纔近清明耳。歸期自問，也應芍藥開矣。且去范蠡橋邊，試盟鷗鷺，領略江湖味。須信西泠難夢到，相隔幾重煙水。翦燭窗前，吹簫樓上，明日思量起。津亭回望，夕陽紅在船尾。

點絳脣

煙雨樓

白鷺飛回，緑楊絲外輕帆轉。水平郵遠。一境蔆花滿。　賦别江淹，已是登臨倦。無人管。夕陽慊卷。風裏漁歌斷。

木蘭花慢

夜過吴江

櫓聲摇澹月，正人在、洞庭船。望笠澤茫茫，長隄暗柳，曾住詞仙。當年。俊游記否，喚銀簫吹緑一江煙。賸我詩愁萬頃，片帆直上壺天。流連。玉界瓊田。清露下、水紋圓。怕酒醒波遠、醉魂空戀，第四橋邊。淒然。五湖舊約，歎鱸鄉信美尚無緣。風外魚鐙幾點，夜深涼照鷗眠。

江城子

吴門夜泊

金閶門外柳千條。駐蘭橈。度涼宵。可惜涼宵〔一〕、都付與無聊。試唤吴孃歌一曲，風又起，雨瀟瀟。雙鬟低映燭光摇。似花嬌。最魂銷。今夜魂銷、明日隔楓橋。城上烏啼催酒醒，人去也，自吹簫。

【校】

〔一〕『度涼宵。可惜涼宵』，清詞綜補作『度良宵。可惜良宵』。

滿江紅

渡揚子江〔一〕

鐵甕城開，何處是、紫髯天下。流不盡、英雄遺恨，寒濤激射。雙槳吴船輕似燕，千尋濁浪高于馬。看危磯、徑轉妙高臺，山如畫。驟雨歇，長虹挂。風漸緊，雲成赭。唤江斐起舞，魚龍悲咤。瓜步洲邊新月上，茱萸灣口孤帆卸。聽寺樓、鐘鼓落篷窗，無眠夜。

【校】

〔一〕『渡揚子江』，武林鴻文齋姚氏刻本、四印齋鈔本詞題均作『渡揚子』。

揚州慢

廣陵舟次

脱葉辭螢，涼波送雁，繫船野岸疏林。望重城静鏁，聽斷續寒碪。且隨分、江湖落拓，二分明月，閒到如今〔一〕。謾多情、紅袖琵琶，彈破愁吟。　竹西舊館，太荒寒、休去登臨。縱畫舫垂鐙，朱闌唤酒，都是傷心。我亦風流秦七，青樓遠、有夢難尋。賸隋隄楊柳，吴霜染得秋深。

【校】

〔一〕『如今』，篋中詞作『而今』。

浣谿紗

紅橋，步衍波詞韵

水近雷塘緩緩流。緑楊風輭不知秋。教人無賴是揚州。　畫舫載來歌舞夢，玉簫吹破古今愁。舊時明月照迷樓。

三犯渡江雲

余今年二月客山陰，三月客禾中，四月、七月一再至吴門，遂北渡揚子，遊金、焦兩山，留維揚六日。竭來故山，怳焉如夢，塵衣未浣，又爲豫章之行。登舟惘惘，敂舷而歌，彌覺旅懷之凄黯矣

斷潮流月去，柁樓碎語，侵曉挂帆初。一行沙上雁，又被西風，吹影落江湖。紅牆漸遠，拂征衣、自歎清臞。最淒涼、疏萍斷梗，飄泊意何如。愁余。黄花舊徑，修竹吾廬，是離魂來處。料此後、詩邊酒冷，夢裏鐙孤。停船莫近投書浦，況路長、容易無書。歸便早、今年總負鱸魚。

齊天樂

過釣臺

畫眉唤客停船暮，空祠尚臨寒渚。絡徑藤荒，支亭石斷，茆屋兩間誰住。羊裘在否。算如此青山，儘容漁父。賸我閒來，緑尊聊爲酹芳醑。　登臨試尋舊迹，是參軍去國，晞髮歌處。七里灘聲，一江帆影，閲盡斜陽今古。天涯倦旅。問何日歸休，再盟鷗鷺。只恐先生，厭人行役苦。

河傳

瀫水道中

風轉。帆卷。日西斜。人在天涯憶家。疏疏柳絲攢暮雅。紅些。練波明斷霞。　休傍闌干船去泊。心緒惡。何況腰如削。酒纔醒。愁又生。誰聽。琵琶不肯停。

上西樓

蘭谿書所見

槳聲約住迴瀾。夕陽殘。人倚嫩涼船尾、小紅闌。　歌一曲。橫波綠。向誰看。香壓鬢雲斜插、折枝蘭。

霜天曉角

玉山曉行

征鐸郎當。點輕衫露涼。賣酒人家未起，殘月在、柳梢黃。　行裝。詩半囊。夢回思故鄉。秋到屏風關外，吹一路、野花香。

一萼紅

瑞洪雨夜有懷

旅魂驚。正鼉鼉催浪，彭蠡暗潮生。隔浦疏林，沿江敗葦，蕭颯齊作秋聲。壓篷背、頹雲似墨，灑一天、凉雨雁從横。戍角初吹，邨碪漸遠，漁火還明。　何事流連吴楚，歎銷磨多少，風月淒清。倦枕支愁，寒衾貯夢，客路到處傷情。想今夜、孤舟漂泊，更有人、樓上數殘更。應是玉釵敲斷，難問歸程。

八聲甘州

重陽游百花洲

更不須攜酒看黄花，淒凉勝游稀。但蘇翁圃外，藏雅細柳，相對依依。回憶西湖舊夢，秋水浸漁磯。今日登臨地，風景都非。　自折茱萸簪帽，歎沈腰瘦減，淚滿萊衣。況天涯兄弟，不似雁同飛。誤江樓、玉人凝佇，盼歸舟、我尚未能歸。休悵望〔一〕、有闌干處，總是斜暉。

【校】

〔一〕『悵望』，篋中詞作『長望』。

水龍吟

秋聲

西風已是難聽，如何又著芭蕉雨。泠泠暗起，澌澌漸緊，蕭蕭忽住。候館疏碪，高城斷鼓，和成淒楚。想亭皋木落，洞庭波遠，渾不見、愁來處。　此際頻驚倦旅。夜初長、歸程夢阻。砌蛩自歎，邊鴻自唳，翦鐙誰語。莫便傷心，可憐秋到，無聲更苦。滿寒江、賸有黄蘆萬頃，卷離魂去。

壺中天

灌嬰城

滎陽屯後，擁犀渠十萬，販繒人也。今日黄城餘舊壘，風雨卷旗飄瓦。垓下追兵，潁陰封爵，功亦韓彭亞。將軍已矣，廢祠誰奠杯斝。　憶昔此地連營，臨江百雉，戰鼓寒潮打。回首斷煙衰草外，空有荒池洗馬。入粵弓刀，平吴歲月，且聽漁樵話。女牆猶在，亂烏啼破秋夜。

又

梅仙祠

市門再見，似千年元鶴，蹔來華表。一尉居然稱吏隱，從古神仙官小。丹井泉深，石幢苔洽〔一〕，絶壁銜殘照。山中匣劍，夜寒猶自孤嘯。　歎息狐鼠從横，論奸抗疏，心豈無廊廟。玉馬銅駝驚轉眼，愁望五陵煙草。嶺上吹笙，雲間飛舄，攜手成同調。最憐佳壻，羊裘六月垂釣。

【校】

〔一〕『洽』，武林鴻文齋姚氏刻本、四印齋鈔本、國朝詞綜續編均作『冷』。

又

鐵柱宫

神洲聖鐵，鑄東南底柱，地維穿破。井沸生瀾通海氣，中有老蛟愁卧。八索鉤連，孤根撐拄，不許狂濤簸。霓旌羽節，至今靈廟猶妥。　我欲試探重溟，螭文手拓，只赤風雷墮〔一〕。斗劍星紅蟠殿壁，十二洪鑪賸火。挂屩遺楓，游帷舊觀，歷劫難摧挫。五丁驚詫，浮州萬古長鎖。

【校】

〔一〕『只赤』，國朝詞綜續編作『咫尺』。

又

滕王閣

千年傑閣，笑三王以後，都無文筆。幸有西山看不足，天外修眉漾碧。鳧渚雲迷，龍沙草没，俛仰成今昔。閲人多矣，帆檣倚檻如櫛。　可惜蛺蜨飄零，故宫羅綺，雨打闌干溼。莫望蓼洲東去路，愁入江樓夜篴。勝地淒涼，倦游漂泊，鄉淚頻霑臆。馬當風駃，幾時一送歸客。

又

寫韵軒

衍波玉潤，寫銀鉤葉葉，點商分羽。修到神仙貧亦好，寄食幸逢鄒舉。畫閣籠煙，湘螊暎水，一硯瀛洲雨。烏絲墨妙，只今流落如許。　當日鏡檻書牀，朝朝暮暮，便是瑶臺侶。甲帳繡襦甘小謫，何況世間兒女。紫極人歸，青林虎嘯，遺迹城南路。夜涼應有，佩環月下來去。

又

蘇翁圃

身將隱矣，謝故人無恙，灌園差樂。世事原非吾輩了，且向南州棲託。半畝斜陽，一鉏野水，別自成邱壑。柴門土銼，著書應是僮約。　謾教車騎重來，請從此逝，高舉隨黄鵠〔二〕。老圃空依徐穉宅，誰薦秋風葵藿。萬柳隄荒，百花洲冷，煙月長蕭索。舊盟鷗鷺，偶然飛下寥廓。

【校】

〔一〕『黄鵠』，武林鴻文齋姚氏刻本、四印齋鈔本、國朝詞綜續編均作『黄鶴』。據集韻鐸韻：鵠同鶴。

徵招

丙戌除夕

江城幾夜聽簫鼓，看看又過除夕。擁被不成眠，更寒侵幮隙。蠟鐙摇瘦碧。第一度、淒涼今日。紅袖尊前，玉梅窗底，有人相憶。　岑寂。送華年，青衫上、零亂粉香猶溼。鏡卜總無憑，斷天涯消息。可憐歸未得。怕明歲、依然爲客。判檢點，十萬鸞牋，記倦游蹤迹。

清平樂

元夜作〔一〕

畫樓吹角。酒醒鐙花落。梅未開殘風又惡。今日元宵過卻。　更更更鼓淒涼。翠綃彈淚千行。併作一江春水，幾時流到錢唐。

【校】

〔一〕『元夜作』，篋中詞作『元夜』。

菩薩蠻

偶成小令

草薰風暖天涯路。清明寒食青春度。何處驟驕驄。玉樓人夢中。　一窗花弄影。半被餘香冷。不是倦思眠。起來依舊閒。

一枝春

早春，用草窗韵

輕暝籠寒，卷幨遲、寂寞收鐙風雨。芳游謾數，不是近來心緒。梅鈿杏粉，漸看到、柳枝眉嫵。空自把、花惱何郎，引得翠鄉愁聚。　葺窗舊時眠處。愛濃熏寶屑，閒歌金縷。龍香麝紙，記與細翻笙譜。梨雲夢暖，甚容易燕鶯嬌妒。誰更在、絲障銀屏，醉聽俊語。

埽花遊

寓齋海棠開時正值風雨

畫檐翠溼，奈幾陣餘寒，嫩紅如埽。采香徑悄。問鶯幨燕户，賸春多少。淚染情絲，尚憶華清睡好。黯懷抱。任亭角夜深〔一〕，銀燭休照。　芳事虚負了。任錦障重圍，緑雲迷曉。瘦枝謾拗。便輕陰再乞，可憐花老。不是無詩，極目江南路杳。送愁到。掩紋窗、雨斜風峭〔二〕。

【校】

〔一〕『任』，武林鴻文齋姚氏刻本作『正』。

〔二〕『掩紋窗、雨斜風峭』，篋中詞作『掩文窗、雨斜風裊』。

天　香

龍涎香

玉唾含葇，珠胎濺沫，驪淵未醒癡睡。碾月肌明，鏤冰骨輭，不數鷓班新製。銀膏淺炷，應化作、鮫人鉛淚。螺甲重添活火，鱗鱗翠幰風細。　涼宵水紋浸被。漾空濛、海天雲氣。更好鳳團閒對，麝塵初試。一自星槎去遠，賸髣髴、吴家斷腸字。冷抱熏鑪，蓬山夢裏。

水龍吟

白蓮

蕊僊羣按霓裳，冰肌不染人間暑。宿酲初解，穠妝浄洗，嫣然笑語。抱月生香，淩波弄影，晚涼微步。自移根玉井，芳心更澹，只合向、瑶臺住。　十里明璫翠羽。最難分、野塘鷗鷺。

棹歌聲裏，雲鬟蕩槳，煙籠似霧。莫遣西風，片時吹作，碎瓊飛舞。愛秋容豔絶，一枝開近，蓼花紅處。

摸魚子

蓴

又悤悤、楚鄉秋到，吴儂清興千里。詩人但説芹羹好，何似鱸鄉風味〔一〕。明鏡裏。漾點點、幺荷半卷冰絲綴。筠籃帶水。正碧蕩初殘，烏菱漸老，小摘挂船尾。　槍旗展，笑比春茶上市。輸他酪乳争美。紅鹽細糝凝脂滑，香滿一匙生翠。因底事。應怪我、經年總未成歸計。于今倦矣。憶蟹舍鐙前，魚牀篷外，晚飯共菰米。

【校】

〔一〕『鱸鄉』，武林鴻文齋姚氏刻本、四印齋鈔本均作『鱸邊』。

齊天樂

蟬

山童莫唱青林樂，清商暗吹愁到。桐翠垂檐，槐黄糝徑，吟斷露昏煙曉。疏𢅥夢覺。待寫入琴絲，和成悽調。冷落齊紈，一襟哀怨更誰弔。　年年蜕痕未换，賸西風鬢影，難寄幽抱。

碧樹無情，斜陽易晚，消受淒涼多少。餘音自嫋。忍喚得秋來，頓教秋老。漫約孤蛩，背鐙嘑夜悄。

桂枝香

蟹

漁莊岸側。正水落遠汀，殘霧收白。漸見香秔刈了，繡匡齊出。緯蕭夜占爬沙路，葦花深、碎鐙摇碧。楚霜初飽，還愁解甲，暗隨潮汐。自玉局、清吟換得。喜斫雪雙螯，同醉芳液。應是紅薑細擣，緑橙親擘。江湖歲晚無腸斷，對西風何限相憶。竹根膹雨，時時空認，草泥行迹。

點絳脣

初歸有贈

輕櫂歸來，與君重看西湖月。落花時節。彈指經年别。柳葉雙蛾，纔展東風結。相思切。酒闌歌闋。細向鐙前説。

滿庭芳

過皋園有感

巷角疏花，城灣賸水，壞牆深鏁愁煙。獸鐶自掩，饑雀啄苔錢。風埽回廊敗葉〔一〕，斜陽外、喬木依然。虚堂冷，闌干翠溼，詩壁篆蝸涎。平泉。行樂地，紅羅買笑，碧玉供筵。算鏡檻夫容，猶似人妍。休問樓中燕子，有黄金、難鑄飛仙。還知否，秋墳夜月，空到緑窗前〔二〕。

【校】

〔一〕『回廊』，篋中詞作『回闌』。

〔二〕『空到』，篋中詞作『還到』。

齊天樂

南湖徐氏水樓，在慧雲寺側，倪米樓顔曰『花隱』，宋芝山爲之作圖，一時朋簪游讌，酬倡最多，纔十餘年事耳。近日湖山詞客，强半凋謝，惟西齋李子，猶記鴻雪舊痕。值汪又邨出示此圖，相與展卷留連，劇譚往事。前塵隱約，率爾繼聲，玉笥蘊雲，醉魂未醒，深有愴于余懷也

碧雲低蘸紅樓影，如今倚樓人遠。賣酒鑪空，題詩壁壞，零落粉匳香椀。緣深夢淺。恨彈指西風，候蛩悽斷。莫問南湖，一袈裟地更誰管。當時何限俊侣，算填詞李十，能遡懽讌。

巷口斜陽，灣頭賸水，記與徐孃初見。重開畫卷。認幾曲疏簾，那回曾卷。柳已無多，曉雅嘑到晚。

鶯嘑序

春殘念遠，用夢窗韵

晴窗峭寒驟減，掩荼䕷翠户。曉陰薄、步屧前廊，漸覺芳訊遲暮。繞闌見、將雛燕老，榆煙漠漠鶯嘑樹。黯離懷衫袂，東風乍霑飛絮。最憶西泠，畫舫載酒，倚垂楊緑霧。鈿波暎、隄上宫眉，錦鱗曾寄情素。任人間、愁深似海，儘銷入、檀牙金縷。趁斜陽，輕櫂歸來〔一〕，不驚鷗鷺。評花小榭，待月虛簾，總未經雁旅。何況有、粉圍香陣，漏永鐙爐，擣夢生雲，碾春成雨。京綃半臂，吴綾雙枕，如今都是銷魂處，悔無端、短楫秋江渡。旗亭悵望，天涯草又青青，采壁淚滿塵土。鶗催碧暗，蜨怨紅稀，歎客衣换苧。但想像、鵐頭睡韈，鵐尾熏爐，泠落瓊臺〔二〕，醉歌醒舞。思量覓寄，同心梔子，知君應更蕉萃苦，莫淒涼、長傍秦箏柱。新詞自摺箌牋，暝寫晨吟，阿環噎否。

【校】

〔一〕『輕棹』，四印齋鈔本作『輕雁』。

〔二〕『泠落』，武林鴻文齋姚氏刻本、四印齋鈔本均作『泠落』。

憶雲詞丙稾自序

己丑冬，編次近作爲丙稾，未授梓。弊廬不戒於火，弱骨成灰，藏書略盡，遑問詞哉！夫丙位南方，火象也，丙稾垂成而燬，殆有先幾焉。嗣是疊遭家難，索居尠懽，追憶前塵，十遺八九。合寅、卯、辰、巳所作，僅有此數，録刊一卷，仍列甲乙之後。嗟乎！不爲無益之事，何以遣有涯之生？時異境遷，結習不改，霜花腴之賸稾，念奴嬌之過腔，茫茫誰復知者？俛仰生平，百端交集，正不獨此事而已。

甲午人日，記於焦琴舊館。

憶雲詞丙稾

繡鸞鳳花犯

鴛鴦梅

似江妃，樓東再見，冰綃搵紅淚。靚妝偎倚。占第一春風，獨步羅綺。青禽知也未〔一〕。任揀取、枝南枝北，雙棲明月裏。　芳心冷處轉情多，修花譜，合喚同根連理。窗影澹，誰解畫、兩般姿媚。銷魂是、露寒袖薄，怎攜手、無言嬌又醉。清夢覺、重勻脂粉，凭闌斜照水。

【校】

〔一〕依詞譜，此句前疑脱一七字句。

玉胡蝶

玉蝶梅

錯認滕王賸稾，禁寒翅輭，膩粉輕勻。幾筆疏枝，冷蘂細寫春痕。翠尊空、吹殘鈿筦，金屋遠、化盡羅裙。掩重門。游蠭未覺，倦舞黄昏。　前身。玉腰小隊，偷將絮雪，綰住梨雲。莫便驚飛，草堂猶有寄詩人。香澹薄、可憐是夢，影迷離、何處招魂。且温存。緑陰青子，難翦愁根。

鵲橋仙

即席戲詠瓜子

薄纔勝葉，輕纔如豆，也似量珠論斗。春葱細擘玉纖纖，儘消受、茶前酒後。　相思一點，合歡雙剖，擲向檀奴衫袖。十三剛是破瓜時，怕裏許、人還未有。

蘇幕遮

七夕詞

篳摇花，鑪引穗。月未團圓，人有團圓意。蘭葉吹香秋旖旎。昨夜星辰，尚隔盈盈水。斷腸天，攜手地。騃女癡兒，何處干卿事。巧極可憐無巧計。依樣胡盧，明日相思起。

生查子

堂前緑玉巵，門外青絲鞚。妾淚幾時晴，郎去何曾送。　小雨續輕寒，淺醉聯殘夢。睡損髻心螺，敲折釵頭鳳。

風入松

生香吹散錦熏籠。門揜緑陰中。籌花鬬草年年事，今年怎、事事疏慵。桃葉輕隨逝水，柳枝瘦舞迴風。　月明應笑畫堂空。小閣睡娃僮。新愁隔斷相思路，湘羅揾、難寄啼紅。不恨尋春較晚，可憐俱是飛蓬。

八聲甘州

黄葉樓賦夕陽

界斜紅颺出晚晴天。相看轉悽然。甚怱怱只是，横催雁陣，低照鷗眠。樹外山眉襯黛，遠道草芊芊。一段蒼茫意〔一〕，都付樊川。　漢闕秦宮何處，送幾聲畫角〔二〕，吹老華年。儘懽游長好，到此黯流連。倚江樓、玉人凝望，帶西風、帆影落窗前。愁無限、近黄昏也，新月籠煙。

【校】

〔一〕『蒼茫』，篋中詞作『蒼涼』。

〔二〕『送幾聲』，四印齋鈔本作『逆幾聲』。

臺城路

三十六鴛鴦閣賦蓼花

采香吟老蘋洲緑，疏花細垂涼穗。荇蔓分肥，蘆根比瘦，添了横塘秋意。鉛華倦洗。怎未到飄零，自憐蕉萃。小立蜻蜓，冷煙紅颭夕陽碎。　明明翠綃聚淚。短篷凝望處，離恨難寄。怨碧江蘺，愁黄浦柳，一樣飛蓬身世。沙頭岸尾。蘸幾筆燕支，水邨圖裏。倒影鷗波，欲扶扶不起。

西子妝慢

春盡，聞湖上游人如織，述夢窗自度腔寫懷

支枕宿酲，繫船冶思，細數花風餘幾。卷幰卻待燕歸來，問西湖、緑陰濃未。愁羅怨綺。總不到、繁華夢裏。最無情，是麯塵吹粉，萍波流膩。　清游地。可惜悤悤，忍把韶光棄。鼓殘簫倦送黄昏，賸淒涼、六橋煙水。閒門自閉。有誰識、看花心事。正銷凝，一片嘔雅喚起。

疏　影

聽琴孃彈碧天秋思之曲

天空夜寂。蕩冷雲萬頃，飛上層碧。不信人間，容易西風，齊州九點煙隔。瓊樓玉宇應難到，算惟有、嫦娥知得。待月明、控鶴歸來，説與此時游歷。　多事移商换徵，悄驚塵夢遠，無限幽憶。杳杳悠悠，作盡秋聲，拗折冰弦誰惜。還愁縞袂淩波去，卻似泛、清湘瑶瑟。怕淚痕、暗漬金徽，盼斷廣寒消息。

祝英臺近

鏡紅銷，衾翠擁，聲影度窗縫。斜桷鐙深，慣作隔幨夢。怪他筝雁年華，暗中偷覺，更閒把、玉鉤微控。　謾調弄。暫時見也關心，何況兩情重。誰料侵晨，雙槳渡頭送。井闌一樹梧桐，快催疏雨，好留住、緑毛幺鳳。

燭影摇紅

庚寅秋感

風葉堆廊，露菭凝砌秋涼早。不關情處猛相思，曾印雙鴛小。彈指懽悰似埽。翠幨空、房櫳静窈。秋千影裏，一徑蘼蕪，蟪蛄嘶老。　休展金匳，淚痕猶沁新詩稾。曲屏低枕卧湘煙，紅破鐙花笑。錦瑟華年過了。醉還醒、愁多夢少。斷魂尋去，只有銀蟾，夜深偷照。

浪淘沙

養疴睡石山莊

池面緑生渦。雨打殘荷。茶煙風細漾幨波。枕簟新涼人淺醉，無奈秋何。　嬾去聽笙歌。心事銷磨。芭蕉聲到睡時多。紈扇紗幮休憶著，只夢漁蓑。

臺城路

詠螢

暝煙寒颭秋星碧，低低傍幰穿户。露洗還明，風吹不滅，團扇輕教黏住。迷藏院宇。正蟾月窺人，又無尋處。畫燭銀屏，墜懽空有碎蛩訴。清宵漏長夢阻。悄驚梧葉下，涼影飛度。瘦竹虚廊，枯蘭斷甃，曾照離魂歸去。相思更苦。任塵黯書鐙，練囊誰貯。解認前生，草根棲暗雨。

水龍吟

魂

幾時飛上瑶京，月中環佩珊珊静。朦朧似醉，悠揚似夢，迷離似影。真箇曾銷，黯然欲别，淒涼誰省。寄相思只在，黄泉碧落，聽一片、啼鵑冷。楚些歌殘漏永。翠幰空、篆香温鼎。梨雲罩夜，絮煙籠曉，梧陰弄暝。來不分明，去無憑據，舊情難證。待亭亭倩女，前邨緩步，唤春風醒。

浣谿紗

風蹴飛花上繡茵。柳絲無力絆殘春。今年時節去年人。　蟬錦暗銷雙枕淚，雁弦愁鏁一箏塵。不思前事亦傷神。

西江月

翠被香添夜夜，瑣窗人喚卿卿。如今不是舊風情。愁醉愁眠愁醒。　倚幌疏鐙明滅，過牆殘笛淒清。夢隨涼月繞階行。踏碎一枝花影。

憶舊游

湖樓閒望，偶成此解，不知詞之所以然

記衫籠翠羽，袖拂烏絲，淺醉閒吟。步屧西邨近，正毵毵細柳，摇颺春陰。畫閣有人垂手，香裊繡幰深。只燕子還來，應從那日，看到如今。　重尋。舊游地，賸一樹櫻桃，落盡紅心。羅韈花蟲蠹，況歌紈舞綺，事事銷沈。莫倚夕陽闌檻，愁黛蹙遥岑。待夢繞煙蕪，娟娟月上寒又侵。

踏莎行

檳榔

雀舌斑明，麝臍香輭。并刀薄碾夫容片。扶留蜃炭共金盤，唾絨紅暈燕支淺。　味外酸鹹，閒中茗荈。苦寒忍把春醄換。如今藥裹自關心，不加餐也無人管。

又

豆蔻

蟬碧分胎〔一〕，鷺黄破蕾。雙心鈿合慇懃惠。錦書封了又重題，問誰嘗慣相思味。　酒後吟慳，茶邊語細。口香沁夢行雲膩。冬郎蕉萃已經年，翠梢空結東風淚。

【校】

〔一〕『蟬碧』，四印齋鈔本作『螺碧』。

點絳脣

夜坐

小院秋清，後堂卻下葳蕤鏁。玉簪斜嚲。老桂餘香墮。　總是無眠，判得終宵坐。風吹過。一星螢火。來照淒涼我。

徵招

年來江湖詞客子律、西齋、頻伽相繼下世，余以多難閉門，騷屑特甚，倚聲及此，蓋不獨牙琴之悲、黄壚之痛也

泠鵑嘸落西湖月，詞人可憐俱老。玉笥總埋雲，賸秋風殘照。薄游懽意少。忍重展、烏絲遺稾。竹屋蕢洲，酒邊花外，黯然懷抱。　愁草。揜閒門，知音絶、誰聽怨琴悽調。暗葦泣孤蛩，耿窗鐙寒峭。角巾歸去好。定還共、夜臺歌嘯。醉魂遠，翦紙難招，悔相逢不早。

浪淘沙

寫悶

蘭燼䴬湘屏。蛛網幭釘。林鸎捎落護花鈴。撒盡榆錢飄盡絮，春也零星。　月又上窗櫺。風又泠泠。墜歡如夢不曾醒〔一〕。只有烏龍眠自在，緑草閒庭。

【校】

〔一〕『墜歡』，榆園初刻本作『墮歡』。

玉漏遲

冬夜聞南鄰笙歌達曙

病多懽意淺。空篝素被，伴人悽惋。巷曲誰家，徹夜錦堂高讌〔一〕。一片氍毹月冷，料鐙影、衣香烘暖。嫌漏短。漏長卻在，者邊庭院。　沈郎瘦已經年，更嬾拂冰絲，賦情難遣。總是無眠，聽到笛慵簫倦。咫尺銀屏笑語，早檐角驚烏嘑亂。殘夢遠。聲聲曉鐘敲斷。

【校】

〔一〕『高讌』，篋中詞作『歌管』。

壺中天

琴心閣書感

螺屏翠疊，幾重山淺畫，憶他眉嫵。柳外斜陽花上月，都是西風吹去。幰軸雙鉤，鏡匳單鏁，鈔賸閒情賦。瘦琴支枕，卧簫誰理塵譜。　天際望杳鱗雲，錦書不寄，涼雁嗚煙艣。我未離家心似客，愁在無人知處。病怯鐙明，困銷茶釅，灰冷夫容炷。黄昏又聽，竹梢彈碎秋雨。

燭影摇紅

讀山中白雲詞『恨西風、不庇寒蟬，便埽盡、一林殘葉』，愴然振觸余懷也

鶴怨猨驚，訪鄰尋里都非舊。款門深竹一枝無，莫問堂前柳。梁燕移巢去久。土花斑、蒼落半畝。煮茶院落，燒筍光陰，幾時能又。　卷盡荷錢，拗蓮作寸還傷藕。不如蒲葦早飄零，卻待秋風後。那更當歌對酒。算空留、千金敝帚。向人青眼，只有西山，倚闌窺牖。

秦樓月

十二月十五夜，舟過石門作，是日立春

淒涼夕。片時春夢來無迹。來無迹。醒時難説，睡時難覓。　櫓枝摇碎湖天碧。月圓偏照孤舟客。孤舟客。玉梅窗底，有人相憶。

臺城路

大雪過太湖

冷吟漸入梅花夢，悽悽雁聲催曉。溼重帆遲，波凝岸寂，碎瀉銀河多少。天涯縹緲。正沙

尾風回，柁牙雲繞。賸得瓊簫，豔詞難付小紅了。長橋舊游在否，兩三株斷柳，曾倚孤櫂。病枕支愁，征衣澣淚，誰信如今懷抱。江湖歲杪。羨畫裏閒身，一蓑歸早。隱約遥山，睡眉休更埽。

阮郎歸

吴門寄家書

闔閭城下漏聲殘。别愁千萬端。蜀牋書字報平安。燭花和淚彈。無一語，只加餐。病時須自寬。早梅庭院夜深寒。月中休倚闌。

滿江紅

夜泊京口

如此江山，儘容我、舵樓吹篴。有誰更、擊冰夷鼓，鼓湘靈瑟。檣艣灰飛風卷籜，英雄事去沙沈戟。問月明、何處是揚州，寒潮拍。桑海換，蛟宫泣。城市遠，鼉更澀。蕩鱗波萬頃，送迎殘客。香霧雲鬟歸夢冷，金支翠羽諸天寂。望故園、衹在去鴻邊，無消息。

壺中天

元夜宿富莊驛

峭寒隨馬，指疏林盡處，暝投孤驛。短榻塵棲風自埽，酒薄禁愁無力。窗紙蓬飄，鑪灰荻冷，鐙閃題詩壁。燕南趙北，可憐今夕何夕。　凝想簫鼓春城，闉香倚醉，多少閒蹤迹。夢影迷離天未曉，鈴語東東催客。印月虛廊，皷梅小院，到此都休憶。長安近否，夜闌應有人說。

虞美人

鄭州作

磧雲寒結燕支紫。立馬王嬙里。棗林一抹亂雅嘑。嘑到打更時候、更悽悽。　紅酥手與黃縢酒。往事空銷瘦。燕姬攏袖擫琵琶。不許離人今夜、不思家。

國香慢

豐臺芍藥，豔稱北地，余未及往觀，買折枝插膽缾，譜夷則商一曲贈之

一翦春明。乍艷妝倦舞，獨步瑶京。豐臺舊家，何處買斷傾城。露眼怯風還閉，向人似、

中酒初醒。繁華總如夢，已是將離，誰管飄零。惜花心較嬾，任酴醾謝後，嘁老殘鶯。此身猶客，金屋難貯芳卿。欲託微波贈遠，恨多情、卻又無情〔一〕。看看兩蕉萃，粉黦塵緇，相對愁生。

【校】

〔一〕『卻又』，武林鴻文齋姚氏刻本作『恰又』。

清平樂

客中心緒。只怕流年去。纔見河橋飛柳絮。又是榴花端午。醉眠休恨嘁雅。伴人明月窗紗。歸夢不如不作，醒來依舊天涯。

鵲橋仙

涼篷

聳如樓閣。圍成幰箔。放眼全無寥廓。客心不耐十分涼，恰遮得、秋陰漠漠。風聲牢落。雨聲滴沰。昨夜何曾睡著。小窗還有看殘書，幸卷了、斜陽那角。

冷布

價廉難長。名虛誰創。學作方空模樣。何勞寒女九張機，算結箇、千絲越網。火雲微障。金風又掠。蘭紙先應搒擋。輭紅塵裏熱人多，也不稱、紗㡔羅幌。

響竹

劃絲成挺。連篇作柄。椶拂輸他清勁。須知破竹有先聲，更誰許、蒼蠅縱横。驀過無影。轉來不定。子細窗櫺屏幓。瀟湘風韻欠些兒，怎獵獵、驚喧晝静。

冰桶

車聲朝急。斧痕新劈。多少夏蟲驚逸。等閒忘了歲寒盟，只不過、銷磨一日。玉山攲側。凍泉淅瀝。移近槐陰藤席。底須浸手熨心頭，我本是、清涼胸膈。

買陂塘

澄懷園看荷花

問何年、移根太液，冰姿隔斷塵土。輕雷塘外鳴珂散，吹盡柳隄殘暑。天澹泞。逗葉葉、新涼扇子湖邊雨。瀛洲尺五。是綵仗分紅，宫溝沁緑，香影漾慊户。　淩波去，按徹霓裳倦舞。無言解笑人否。碧筩冷注蒲萄釀，中有九重仙露。留客處。任醉折花枝，容我閒鷗鷺。橋灣信步。併幾箇蜻蜓，一叢紫蓼，寫入晚晴賦。

浣谿紗

京邸秋思

九陌輕塵散鈿車。五更殘夢怯悲笳。西風吹我落天涯。　象筦烏絲題影事，酒旗歌板送年華。夕陽紅到馬纓花。

憶舊游

殊鄉留滯，歸夢屢訛，寄此爲西湖魚鳥問

是鷗波寫夢，雁路尋詩，冷落江湖。問訊東橋竹，悵故人別後，一紙書無。舊家渺渺天末，煙月老菰蒲。甚嬾賦長楊，慵吹短篴，側帽騎驢。　何須。怨漂泊，縱不爲鸎花，也戀蓴鱸。昨夜西風緊，憶夫容江上，相喚提壺。任教醒了還醉，心事水雲孤。待說與歸期，瀟瀟暮雨嘑鷓鴣。

埽花游

九日懷歸

趲霜雁緊，送一陣新寒，客衣催絮。歲華易度。憶東籬喚酒，故山游侶。鬢影西風，誰訊長安倦旅。暗凝竚。正落葉滿階，滴碎秋雨。歸計多閒阻。便悶過重陽，幾時能去。錦牋寄語。倩唬蛩爲我，織成愁句。翠被餘酲，鄉夢何曾慣作。夢中路。晚蕭蕭、薊門煙樹。

壺中天

葉午生比部同年歿於京邸，以詞哭之。午生名元墀，有海葯軒詞，聲調嫺麗。又鄞人，故擬之夢窗、西麓云〔一〕

句章城郭，有便娟接舞，魂歸徠只。夢醒桃根應錯問，胡蜨可憐花底。夜蛩吟孤，絳都春老，餘恨空流水。日湖賸稾，於今誰爲料理。知我已十年前，素弦彈折，更灑銅仙淚。忍倚新腔西子慢，愁落野鵑聲裏。如此江山，不容詞客，寂寞人間世。貂裘背雪，倦游行且休矣。

【校】

〔一〕武林鴻文齋姚氏刻本詞序作『葉午生比部歿於京邸，以詞哭之。午生名元墀，余同年友，有海葯軒詞，聲調嫺麗。又鄞人，故擬之夢窗、西麓云』，國朝詞綜續編詞序作『葉午生比部歿於京邸，以詞哭之。午生名元墀，余同年友，有海葯軒詞』。

點絳脣

歸舟過淮安

雪映清流，望中了了長淮樹。雁聲隨艣。重到江南路。寂寞空臺，尚有漁竿否。孤城暮。水寒風沍。早挂輕帆去。

長亭怨慢

經年雁旅，歲晚言歸，慨念平生，短歌當哭，不獨爲三徑之荒也

更不信、江南天闊。散髮行歌，敝裘寒裂。款竹門荒，翠尊金縷久銷歇。此身如葉，儘零落、何須説。若遇舊盟鷗，莫訴與、年來蹤迹。愁絶。對琴絲鬢影，髣髴夢游時節。玉梅綻否，怎檐角、半枝枯折。恨夕陽、有限黄昏，便卷盡、一林殘雪。縱盼到春風，容易緑陰啼鴂。

霓裳中序第一

檢故篋，見亡姬遺扇

湘筠展翠疊。冷落金泥雙睡婕。曾伴冰肌素靨。是水榭嫩涼，桐陰微月。清歌易闋。悵麝紈同鑠吟篋。如今賸，枕匳鏡屜，一樣暗塵黦。凄絶。自開還摺。怕沁染啼鵑淚血。經年蕉萃恨結。酒膩紅銷，粉蠹香滅。玉京人怨別。聽夜夜桃笙夢咽。傷心認，飛瓊小字，忍對謝孃説。

壺中天

二十五離騷，爲千古詞人哀怨之祖。乃小山之徒，謂其文昇天乘雲，似若仙者。噫，然耶否耶？余伊鬱塊居，頗爲飄風所阨，間有撰述，遂多悽戾之音。捃拾作此，亦將索筳篿而問之，更不願彼狺狺者見也

天乎難問，載雲旗五色，逢迎山鬼。思折瓊枝嗟遠道，羌與蹇修爲理。飲石泉兮，入修門些，上下悠悠只。悲哉秋氣，傷心極目千里。　衆女謠諑蛾眉，無南無北，到處機蓬矢。叢桂連蜷招隱士，歲晚淹留何事。蘭枻蓀橈，螭驂虬駕，我欲歌離世。巫咸夕降，卜居惝怳誰是。

憶雲詞丁稾自序

患難以來，人事有不可言者。癸巳下第南歸，已偪歲除。甲午春，葺燼餘老屋數椽，偃卧其中，顔曰『睡隱』。讀書之暇，惟仿花間小令，自遣而已。今年正月，再上春官，此事遂廢。留京師五十日而去，還我睡鄉，始檢舊稿，次爲一卷。嗟乎！當沈頓無憀之極，僅託之綺羅薌澤，以洩其思，蓋辭婉而情傷矣。不知我者，即謂之醉眠夢囈也可。

乙未閏六月二十一日，書於睡隱盦蕉雨聲中。

憶雲詞丁稾

菩薩蠻

擬温庭筠

縠煙籠暝霏香絮。瓊疏悄度黄鸝語。記得送君時。海棠紅亞枝。　麝塵金鉔暖。燭影和衣卷。蘭夢一春閒。枕屏無數山。

粉雲低襯流蘇薄。鳳窠長簟金釵落。花影過秋千。畫堂人晝眠。　錦帆消息斷。日日停刀翦。半袖繡鴛鴦。幾時成一雙。

蒨絲沈水茱萸冷。輕綃淺約蛸蠐領。人瘦晚風天。嚲鬟雲兩肩。　眼波嬌欲溜。揾溼飛鸞袖。愁理玉鞾笙。一聲無限情。

柳絲遮斷行雲路。珊珊一陣横塘雨。雨後燕歸梁。溼紅嬌晚妝。　茜衾愁不擁。疊損金泥鳳。纔得夢來時。月中嗁子規。

玉驄嘶過垂楊陌。停鞭卻繫朱樓側。和笑出門迎。嫩霞雙瞼明。粟鈿金夾膝。帶綰迦陵翼。鐙燼瑱窗寒。酒醒更漏殘。

綠陰鋪地無人影。烏龍自在眠莎徑。多事卷羅幃。滿階胡蜨飛。回文挑錦字。斜界行行淚。難話此時心。恨深愁更深。

夕陽山映宮黃額。杏花樓外春蕪碧。花命薄如人。峭風吹作塵。日長榆影瘦。嫌漾晴波縐。腸斷揜金鋪。近來腸也無。

如今不合江南住。江南處處多煙雨。煙雨晚霏霏。冶游人未歸。犀株防膽怯。玉筋揉藍浥〔一〕。愁似暗潮生。自生還自平。

轆轤金井雅嗁曉。映嫌紅日梳頭早。聞道尺書來。錦牋和淚開。如何歸計誤。南下瀟湘去。望斷草芊緜。雁飛秋滿天。

鈿箏弦促銀簧凍。雁釵麘帶愁香重。此夕黯銷魂。月中斜閉門。　冷霜凝縹瓦。香辣秦篝炧。夢見更相思。不如無夢時。

【校】

〔一〕『玉筋揉藍浥』，清詞綜補作『玉筋揉藍挹』。

訴衷情

又

鸎囀。㡘卷。春睡短。宿酲銷。愁日暮。虛度。可憐宵。銀漏隔花遥。迢迢。篆鑪心字焦。卸蘭翹。

更漏子

又

澫腸纖，花骨輭。一枕淚光紅泫。愁信息，繡工夫。夢殘嚬鷓鴣。　當時錯。如今莫。情比秋羅更薄。霜裏角，月中更。行人聽不聽。

臨江仙

擬南唐後主

亂紅窣地春無主，宿寒還戀屏幃。夢中何日是歸期。玉臺金屋，空逐綵雲飛。　煙月不知人事改，夜深來照花枝。蕙罏香燼漏聲遲。闌珊鐙火，殘醉欲醒時。

山花子

擬和凝

醉纈紅綃約翠鈿。碧蘿籠月伴秋千〔一〕。今夜新寒分一半，到郎邊。　鸞蠟同心搖翠幌，蜀筝纖手擫朱弦。學囀春鸎渾不似，似嘑鵑。

【校】

〔一〕『籠月』，篋中詞作『明月』。

采桑子

又

鏤金蹙霧紅衫薄，妝罷嫌遲。出繭雙眉。不遣春愁露一絲。　粉牋銀沫雲藍滑，待寫新詞。半餉尋思。閒教丁香畫雀兒。

圍棊雙陸無人對，自理牙籤。卻展香匳。又是銷魂昔昔鹽。　春心滴碎薔薇雨，遲日淹淹。酒病新添。燕蹴飛花喚卷幨。

浣谿紗

擬韋莊

幨軸花陰晚日趖。纖纖蹙損遠山螺。箇人歸計太騰挪。　莫待柳緜吹作雪，可憐桃葉去隨波。無情無緒奈春何。

藕葉風多四面吹。素馨香重兩鬟垂。簟紋如水漾罘罳。　道是日長偏易晚，不曾午睡又難支。可能消受夜涼時。

新月娟娟孕綺霞。征鴻貼貼下平沙。已涼天氣好思家。　悵望銀河空渡鵲，厭聽金井亂啼雅。夢魂尋不到天涯。

又是同雲釀雪天。猧兒嫌冷喚愁眠。爲郎蕉萃有誰憐。檀板倦瓤金縷曲，繡衾虚費水沈煙。不應忘了過新年。

清平樂

又

驀然如醉。疊枕和衣睡。卻憶去年今日事。畫燭替人垂淚。月明依舊房櫳。麝帷寒減香筒。賸得一枝梧葉，能禁幾日秋風。

浣谿紗

擬薛昭藴

荇帶牽風作晚涼。柳絲拖水溼斜陽。平林漠漠遠煙黄。雙槳送人何處去，最無情是櫂船郎。兒家不合近横塘。

半臂銀蟬韻字紗。兩鬢鈿翠粉雲斜。紅絲穿淚沁琵琶。幾日緑窗閒睡穩，不知開到玉簪花。病來幨外是天涯。

夢江南

擬牛嶠

銜泥燕，依舊小腰身。尋徧雕梁棲未穩，杏花零落一階塵。難問去年人。

紅繡被，錦段是誰裁。象齒重鑪寒不擁，夜深留待夢魂來。推枕落瓊瑰。

西谿子

又

聽説歸期春半。愁黛兩蛾新展。隔幨櫳，風弄睍。吹酒醒。瞥見一枝紅影。海棠開。不曾來。

醉花間

擬毛文錫

愁君去。看君去。君去誰留住。明日一帆風，不見長干樹。　曲廊攜手處。後會知能否。除了莫相思，那有閒言語。

書難寄。恨難寄。難寄盈盈淚。判作負情人，翠被籠香睡。舊懽應忘記。驀地還提起。秋雨五更頭，冷在心兒裏。

三字令

擬歐陽炯

寒食近，燕歸遲。下羅帷。閒繡譜，罷彈棊。柳惺忪，花黯澹，月生時。臨別語，寄來詩。自追思。銀燭背，斂蛾眉。七弦心，雙枕淚，有誰知。

醉公子

擬顧敻

燕踏嗛鉤語。郎躍紅鶩去。待到月朧明。數殘更點聲。枕蟬銀縷細。積髻香雲膩。一夜苦相思。怎禁離別時。

訴衷情

擬魏承班

緗鉤碧繶隱輕雲。纖纖新月痕。菭徑滑，步香塵。花影弄黄昏。　空憶比肩人。見無因。藤絲偷罥砑羅裠，暗銷魂。

後庭花

擬毛熙震

銀雲櫛櫛明瑶殿。玉壺傳箭。羊車夢逐簫聲遠。桂宫宵讌。　舞鸞鈿匣嚬妝泫。翠衾羅扇。題紅莫訴秋風怨。忍教人見。

酒泉子

擬李珣

獨上層樓。燕伴黄昏鶯伴曉。錦氍毹，金了鳥。鈿箜篌。　桃花月淺春寒重。睡香小鴨蘭膏凍。有時思，有時夢。有時愁。

生查子

擬孫光憲

嬾起整妝遲，悶繞闌干徧。經雨小桃枝，零落春風面。　鈿蟬筝，金雀扇。繡榻凝塵滿。只得一絲情，難繫郎心轉。

謁金門

又

留不得。留也不過今日。今日雲帆天咫尺。明朝何處覓。　江上潮平風急。吹斷幾聲殘篴。獨倚小樓寒側側。欲眠鐙又黑。

胡蜨兒

擬張泌

胡蜨兒。小腰支。粉香零落翅雙垂。晚風幮卷遲。　命短春三月，花寒瘦一枝。可憐不到夢醒時。斷腸君不知。

柳　枝

又

抱月飄煙一尺腰。掌中嬌。晚出閒庭整翠翹。摘紅蕉。　珠露穿絲交影細。蜘蛛墜[一]。尋思七夕是今朝。轉無憀。

【校】

[一]『蜘蛛墜』，榆園初刻本作『蜘蛛墮』，失韵。

應天長

擬馮延巳

枕屏生綠山眉展。薄睡起來微帶倦。鵲聲喚。鸎聲怨。花落絮飛春不管。　宿妝臨鏡嬾。閒了粉匳香盌。道是愁深病慣。如何心緒亂。

南歌子

倣温尉體，詠燭𢈔香鏡

對面嫌光偪，回身見影單。花落小屏寒。寸心灰欲盡，淚闌干。

花影層層碎，鑪煙細細吹。誰織恨千絲。只愁遮不斷，兩相思。
茜被何曾暖，銖衣爲底熏。一縷博山雲。曉風吹得散，是離魂。
有分知儂瘦，何時共汝圓。妝罷黯留連。可憐空見慣，意難傳。

浣谿紗

誦阿灰『黄昏微雨』之句，感而作此

愁研雲藍賦惱公。如今骨出似飛龍。四年惆悵杏花紅。　天上人間春寂寂，東鶼西鰈去悤悤。相思無益悔相逢。

浪淘沙

題李後主詞後

樓上五更寒。風雨無端。愁多不奈一生閒。莫問畫堂南畔事，如此江山。　鉛淚洗朱顔。歌舞闌珊。心頭滋味只餘酸。唱到宫中新樂府，杜宇嗁殘。

采桑子

讀金荃詞題後

豔詞空冠花間集，不上雲臺。卻上陽臺。一讀南華事事乖。謝郎折齒狂猶昔，紅粉成灰。蠟炬成灰。賸得閒情賦錦鞵。

憶雲詞删存 補遺詩詞坿

齊天樂

雨後游理安寺

夢中記得登山約，風聲雨聲催醒。出郭濃陰，平隄新漲，此去柴桑邨静。寺門深迴。賸滿地蒼雲，馬蹏不穩。人語吹來，重樓高倚萬松頂。還向虛亭坐久〔一〕，聽泉穿徑竹，塵念都冷。猨定安禪，鳥嘑入梵，只有老僧心領。經牀試茗。卻回憶年年，總孤清景。猶是尋詩，一鐘煙外暝。

【校】

〔一〕『還向虛亭坐久』，甲稾初刻本作『虛亭又還坐久』。

如夢令

幾夜翦鐙聽雨。幮卷落紅飛處。那更替花愁，春要舍將人去。無緒。無緒。一院殘鸎新絮。

秦樓月

梳頭曲

風珊珊。玉人梳洗臨窗閒。臨窗閒。柳花飛過，一陣輕寒。　海棠折得簪雙鬟。水晶㡘下眉彎彎。眉彎彎。夜來新月，畫與郎看。

浣谿紗

虛説盧家白玉堂。可憐三十六鴛鴦。誰將消息報王昌。　曉夢怕逢懽處醒，春宵偏是別來長。怨郎無益轉思郎。

醉太平

雲邊露鐘。花邊絮風。月華初轉樓東。卻彎彎一弓。　題書淚紅。緘書恨重。醉魂飛出㡘櫳。到卿卿夢中。

齊天樂

重陽得小鶴從叔都門信

山城幾夕無風雨，依然悶過重九。鞠冷荒畦，橙香小院，客裏暗驚時候。茱萸插否[一]。問今日登高，共誰攜手。空有書來，加餐兩字置懷袖。江南歸夢路遠，吴霜新點鬢，休更搔首。銅輦秋吟，金盤曉淚，相見定憐詩瘦。微聞别後。困京洛緇塵，壯游非舊。事事銷除，不銷除是酒。

【校】

〔一〕『插否』，甲稾初刻本、四印齋鈔本甲稾均作『帶否』。

清平樂

題客窗話雨圖[一]

雁紅蟬碧。涼雨生秋夕。畫裏雲山天咫尺。都是倦游蹤迹。少年銀燭譙樓。如今襆被孤舟。皴得一痕煙墨，不知多少離愁。

【校】

〔一〕『題客窗話雨圖』，甲稾初刻本、四印齋鈔本甲稾詞題均作『爲友人題客窗話雨圖』。

摸魚子

庚辰歲暮，同人議復巢居閣。明年二月落成，送林先生象入祀閣下，許玉年乃穀以詞紀事，

予亦繼聲

幸先生、移居未遂，孤山終屬和靖。玉簪也抱冬青恨，名士幾人心冷。還試省。記凍雨、荒祠遺象今誰認。重來繫艇。怪梅隝棲雲，鶴闌占水，倒浸一樓影。巢居閣，結屋編籬犓定。小窗邀我同凭。他年野志搜嘉話，賸有君詞爲證〔一〕。都莫問。且倚醉、臨高酒薄風吹醒。暗香半嶺。正清磬初圓，畫船催散，月到萬花頂。

【校】

〔一〕『賸』，叢書集成初編本作『見』。

百字令

擘橙

清芬透甲，記新橙初擘，去年時候。只怕恩恩秋又老，籬菊滿園鋪繡。雨後曾移，霜叢小摘，攜得香盈袖。有人消渴，夜寒猶殢杯酒。　應怪酸也如梅，黃纔勝橘，搓了還重臭。慣識書生滋味冷，齒輭不禁眉皺。卻到而今，宿酲自解，誰管吟詩瘦。并刀似水，破來長憶纖手。

臨江仙

題畫〔一〕

瞑色一川誰管領，落霞點破空明。枳籬開處釣船横。晚涼荷葉浦，微雨豆花棚。　載酒江湖無長物，藥鑪詩卷茶鐺。此生定與白鷗盟。浮家秋水闊，歸夢曉雲輕。

【校】

〔一〕『題畫』，甲稾初刻本、四印齋鈔本甲稾均作『爲人題畫』。

女冠子

閨中禮佛詞

戒香温鼎。禪味近來新領。未眠時。燭影穿幮細，經聲出院遲。　但求無障礙，同證有情癡。一段閒中意，月明知。

滿江紅

九月十四晚〔一〕，乘月過虎跑，憩小池上，見寺門未闔，閒步近客堂。有皂衣高冠者，呵禁甚厲。問老僧，是當軸諸貴人讌兩試官於此。始憶城中放榜又三日矣，一笑，紀此

獨有常娥，不笑我、青衫依舊。正相伴、寺門乞茗，野橋沽酒。小隱竟成丁令鶴，學仙羞逐淮王狗。趁夜涼、來叩遠公房，驚而走。　蓮座倨，蠻獅吼。松徑僻，驕驄驟。只維摩病瘠，見人搖首。身賤自遭奴隸薄，心閒好與谿山友。怪秋墳、鬼聽忽揶揄，顔之厚。

【校】

〔一〕『九月十四晚』，甲稾初刻本、四印齋鈔本甲稾均作『十四晚』。

清平樂

題倦繡圖

無端懊惱。窗外鷃嘑曉。嬾去蹋青遲鬬草。門掩東風春老。　繡絨唾上花枝。紅牋寫偏新詞。想是懨懨酒病，被人喚作相思。

徵　招

題錢蕙窗丈桐槐舊館圖

茶煙半榻書連屋，幽深別開池館。柳下慣維船，記柴門曾款。陂塘秋未老，正風裏、露華香滿。幾蹋槐花，幾題桐葉，鬢絲偷換。　金粉憶南朝，移家後、定有新詩盈卷。高閣枕江流，卷濤聲不斷。夢游思往事，儘分付、傳神翠管。寫故園、一片斜陽，怕暮雅嘑亂。

齊天樂

癸未六月〔一〕，送葛秋生偕許訒岑之吴中，即爲秋生題橫橋吟館圖，兼屬訪王子若消息，蓋圖

爲子若、玉年合作也

湖山不醒笙謌夢，離觴又催南浦。聽鼓官津，聽鐘野寺，聽到垂虹風雨。荷鄉未暑。有丁卯同舟，載將詩去。賸我無聊，登高懷遠更吟苦。橫橋誰念舊侶。城南天尺五，今日韋杜。鼇禁移家，鷗波泛宅，一樣年年羈旅。爲君細數。算楚尾吴頭，倦游重賦。問訊王郎，别來相憶否。

【校】

〔一〕『癸未六月』，甲稾初刻本、四印齋鈔本甲稾作『癸未五月』。

清平樂

集句贈别

倚闌凝佇。點點飛紅雨。欲減羅衣寒未去。寂寞朝朝暮暮。桃源落日西斜。畫橋平接金沙。春水無風無浪，行人一櫂天涯。

摸魚子

再詠柳

正蕭疏、冷楓吹盡，驚寒又掠江渚。舊時青眼曾相識，可惜年華遲暮。君看取。看隄上、高樓紅袖還凭否。離愁滿樹。賸冉冉斜陽，羅羅遠水，點點暝雅去。　春前怨，誤向章臺夢雨。緑窗多少人妒。如今羞見東風面，悔不學他飛絮。隨陌路。吹散了、漫天漫地無尋處。斷魂幾許。只燕燕鷖鷖，者回重到，定訴此情苦。

金縷曲

天瘦集題詞

夢斷霓裳闋。是天風、忽然吹下，廣寒宫闕。銀浦流雲三萬頃，誤了兩番游歷。問靈藥、偷來何益。青女素蛾齊掩泣，痛文簫、不上神仙籍。明鏡碎，寶釵折。　星房想更添愁絶。望人間、霜零刺骨，雨飛成血。縱有羲和知此意，一夜玻璃敲缺。已難抵、今生離别。回首玉京樓十二，賸年年、淚灑關山月。千古恨，幾時雪。

又

題顧小巖江鄉春醉圖。小巖名安〔一〕，蘇州人，曾任南河百夫長，去官二十年矣。今居皂河隄畔，貰逆旅以止行客。性嗜酒，酒酣，輒憶故鄉，自言：『異日幸醉死，當埋我靈巖山下。』因以此圖爲息壤云白髮三千丈。正江鄉、春風幾日，鬻花無恙。斷送一生惟有酒，獨撥牀頭新釀。算未改、沈雄跌蕩。馬稍不教兒輩學，悔當年〔二〕、誤作封侯想。髀裏肉，撫還長〔三〕。長安結客心猶壯。向鐙前、吴鉤細看，楚歌重唱。説盡平生肝膽事，只有故園難忘。肯容我、再來攜杖。若使劉伶真醉死，怕靈巖、山水都惆悵。先寫在，畫圖上。

【校】

〔一〕『小巖名安』，甲稾初刻本、四印齋鈔本甲稾均作『顧名安』。

〔二〕『悔當年』，甲稾初刻本、四印齋鈔本甲稾均作『笑當年』。

〔三〕『髀裏肉，撫還長』，甲稾初刻本、四印齋鈔本甲稾均作『撫髀肉，又還長』。

南鄉子

爲葛翁題寒邨買醉圖

山鳥勸提壺。拍手羣兒笑老夫。短髮行謌誰是伴，蕭疏。只有風前柳一株。　醉倒不須扶。明日頭銜署酒徒。細雨城南泥滑滑，歸與。且喚僧繇畫作圖。

臨江仙

秋闈即事

一架牽牛花褪了，日長亭院秋清。雲羅低抹遠山青。疏疏小雨，涼透木犀屏。薄睡起來添半臂，夕陽又照西櫺。更無人會此時情。自鈔宫譜，閒品玉鞾笙。

點絳脣

春盡日

一樣春風，杜鵑催促鸎留戀。落花如翦。吹滿閒庭院。南陌東城，到此芳情減。朱門掩。雙雙歸燕。怕有人愁見。

菩薩鬘

戲仿元人小令

夜來風似郎蹤惡。曉來雲似郎情薄〔一〕。窗外柳飛緜。問郎心那邊。誓盟全是假。只合將花打。見面説相思。知人知不知。

【校】

〔一〕『曉來雲似』，四印齋鈔本甲稾作『曉雲來似』。

右詞二十三闋從憶雲詞初刻本删存鈔補

摸魚子

題秋江采魚圖

染空青、垂垂細柳，柳絲繫夢多少。釣竿欲拂珊瑚樹，忍向江湖終老。留畫稾。有詞客關情，淚滿池塘草。煙昏露曉。怪妙筆通靈，飛鴻一去，難認舊時爪。　誰收拾，錦軸籤題尚好。竹林小阮重到。昜珪還硯尋常事，翰墨因緣易了。休懊惱。記出水芙蕖，曾寫黄筌照。遺蹤未杳。倩漁弟漁兄，尋消問息，相見共傾倒。

洞仙歌

題湯德媛漱玉寒閨病趣圖

玉梅三九，尚懨懨嬌困。疏了緗奩木瓜粉。倚熏籠、微暖藥椀濃香，應未減，較帖量茶風韻。　起來呼半臂，擁鼻沈吟，雪意垂垂幾時準。閒煞畫眉人、淺惜輕憐，寫多少、無題詩本。且莫任、雙鬟拓紗窗，禁不住、黄昏峭寒一陣。

右詞二闋從汪小米遠孫所編清尊集鈔補

感懷四首

豈有高軒客過門，小庭花落自朝昏。黄金盡後餘詩債，白袷閒來賸酒痕。文字衹今工作祟，故人幾輩待招魂。不知眉黛療飢否，且著相如犢鼻褌。

人物難居第一流，十年磨劍未封侯。虛聲偶作陳驚座，佳句終輸趙倚樓。已爲畫眉遭衆嫉，衹知入胯被人羞。眼前豎子成名早，七尺車還擁八騶。

一代宗風小唱提，幾人身到浣花谿。才麤誤解三更棗，心熱空思六月齏。擬判此生同涸鮒，可憐公等亦醯雞。笑顰盡覺東施好，今日風流不屬西。

釧動花飛久悟禪，填詞奉旨更何緣。經過碧海人疑月，悵望紅牆路隔煙。篋裏有文羞罵鬼，枕中無藥悔求仙。勞勞誰是憐君者，悽絶吴興沈下賢。

右詩四首從吴仲雲尚書振棫所編杭郡詩續輯鈔補

西谿晚宿

西堰梅花路，夕陽谿水明。下帷延竹色，倚枕聽松聲。小市人煙遠，疏林鳥夢清。倏然絶來往，門外月華生。

湖上即事

孤嶼平隄接，重城一水環。湖明疑浸日，雲薄不遮山。穉柳如人弱，嘑鶯笑客閒。畫船乘兩槳，酩酊載春還。

秋夜寄遠

花遠静冥冥，秋聲已滿庭。風連萬户竹，月澹一池星。夜永鐙先盡，窗寒酒易醒。南飛有征雁，寥落不堪聽。

右詩三首從潘嶧琴學使衍桐所編輶軒續録鈔補

葛秋生横橋吟館圖予既填臺城路一闋於卷尾即席復成小詩書後

獨留蹤迹白鷗知，載酒江湖定幾時。此去幸無千里隔，論交已恨十年遲。坐中我亦秋風客，畫裏君徵舊雨詩。最苦横河橋畔柳，如今多少折殘枝。

右詩一首從葛秋生慶曾横橋吟館圖卷鈔補

過性上人蘭若

得閒來問訊，便覺老僧忙。琴爲繙經廢，茶因覓句嘗。引泉通野圃，移竹放斜陽。了悟無生理，看雲卧石牀。

無　題

春風吹柳色，緑到武昌城。鏡裏蛾眉改，書來馬角生。别多愁有路，境苦夢無情。君看彈棊局，應知心不平。

題南湖慧雲寺

昔年歌舞地，今奉水仙王。老樹依官道，殘碑立夕陽。西湖幾興廢，南内久蒼涼。猶賸前朝寺，梅花莫斷腸。

右詩三首從丁氏八千卷樓鈔本鈔補〔一〕

【校】

〔一〕此三首佚詩，見載於憶雲詞楡園叢刻本之『補遺』，而未載於楡園初刻本之『補遺』。另，過性上人蘭若、無題兩首亦見於小墨林詩鈔焦尾琴。

重斠刻憶雲詞書後

先生姓項氏，名廷紀，鄉舉名鴻祚，字蓮生。道光壬辰舉人。幼失怙，艱苦力學，弱歲已有聲庠序間。性沈默，寡言語，不樂與人詶酢，每同輩狎集，終日無一言，微笑而已。喜填詞，奉花間爲宗旨，以爲詞之有晚唐五代，猶文之先秦諸子、詩之漢魏六朝也。故所著小令，抑揚抗隊之音，獨擅勝場，蓋浸淫於此久矣。憶雲詞丁稾一卷，皆擬韋莊〔一〕、薛昭蘊諸人之作，循繩引墨，不失累黍。先生嘗語人曰：『予詞可與時賢角一日之名。』其自負如此。嗣以家燬於火，奉母北行，途次，母與姪皆殁於舟中，號擗旋里。幽憂之疾，因此益深。既領鄉薦，再上春官，不得意，歸即病，病遂不起。此道光乙未秋間事，年才三十八歲。噫！天酷斯人，亦云至矣。自訂憶雲詞甲乙丙丁四稾，亂後，故籍灰燼，從臧書家鋭意搜索，僅得甲乙，而無丙丁，十數年來，徧覓不可得。近始於閩中展轉傳録，若有冥契焉。解衣得珠，爲之狂喜，亟付手民，遂吾初願。先生所著詩無耑集，近更無可問津，先後鈔存十餘首〔二〕。憶雲詞初刻删存詞二十餘闋，未刻詞兩闋，零璣寸羽，尤足寶貴，兹坿刻於詞集之後。并從汪氏所臧東軒吟社圖摹先生象冠於首，俾後之學者，知所瞻慕焉。

光緒癸巳八月，仁和許增邁孫謹識，時年政七十。

【校】

〔一〕原作『韋昭』，徑改。

〔二〕『先後鈔存十餘首』，榆園初刻本作『先後鈔存六七首』。

憶雲詞集外拾遺

蝴蝶兒

賦題

蝴蝶兒。晚風吹。有人深院繡簾垂。倚牕無限思。　命短春三月，花寒瘦一枝。可憐不到夢醒時。斷腸君不知〔一〕。

右詞一闋從甲稾初刻本、四印齋鈔本憶雲詞甲稾鈔補

【校】

〔一〕武林鴻文齋姚氏刻本、四印齋鈔本、榆園初刻本、榆園叢刻本等丁稾中均有胡蝶兒擬張泌，下半闋與此詞同。

三犯渡江雲

雪銷溪路浄，梅深竹窈，籬落兩三家。冷雲隨櫂轉，咫尺幽香，占斷水西涯。野鷗導我，認過橋、幾樹查牙。似翛然、身行畫裏，詩思入昏鴉。　横斜。梵鐘破暝，漁篴吹香，又月明林

下。憑喚取、天寒翠袖，同倚霜華。提壺慣負經年約，最撩人、還有蘆花。君知否、夢遊空賦蒹葭。

右詞一闋從章黼所輯西溪梅竹山莊圖題詠鈔補

百字令

題耶谿漁隱圖

先生一笑，問如今認得，釣鼇人否。從此頭銜真換了，穩署耶谿漁父。蓬背吟秋，笠檐銜曉，笭箵成家具。蘆汀渺渺，是中應有人語。　歸來豈爲蓴鱸，五湖約在，不負閒鷗鷺。卻羨煙波分領略，脩到樵青夫婦。紅蕅莊深，白蘋洲遠，定有尋君處。幾時容我，艤船畫裏同住。

壺中天

題南巖紀游圖

望中秀色，問幾時曾向，錦江游歷。更憶南巖幽絶處，人道紫陽遺席。樹古生香，僧閒入定，空翠粘蘿壁。題名捫遍，冷雲飛上吟筆。　是誰喚起山靈，爲山寫影，妙手煩摩詰。展卷直疑身到此，滿紙嵐光猶溼。愧我平生，一庵送日，孤負年年屐。且留後約，明朝如舊相識。

右詞二闋從屠倬所輯是程堂倡和投贈集鈔補

浣谿沙

題夏珮仙女史吟紅閣題詞〔一〕

翦玉裁冰字字工。曇花應植蕊珠宫。不經二十四番風。　小傳題成餘淚墨，遺詩宛在是吟紅。慈幃夢斷繡牀空。

右詞一闋從吟紅閣題辭鈔補

【校】

〔一〕詞題爲編者所加。

柳梢青

題疎影詞

樓倚晴霞。幾生脩到，紅袖烏紗。東閣詩清，西湖夢冷，福慧輸他。　雙心同證梅花。更不數、尋常畫家。淡墨冰綃，黄昏月榭，一樣横斜。

右詞一闋從丁紹儀所輯清詞綜補卷四十四鈔補〔一〕

【校】

〔一〕清詞綜補卷三十八收『項鴻祚』八首詞，小傳云：『字蓮生，錢塘人。道光十二年舉人，官福建鹽大使。有憶雲詞。』卷四十四又收『項廷紀』柳梢青一闋，小傳云：『字憶雲，嘉興人。』

項鴻祚資料彙編

道光壬辰科浙江鄉試硃卷浙江鄉試第拾陸房同門姓氏

項鴻祚，原名繼章，字子彦，號蓮生。行四，嘉慶庚申年五月二十二日吉時生。杭州府學廩膳生，錢塘縣商籍。中式第四十名。（見道光壬辰科浙江鄉試硃卷浙江鄉試第拾陸房同門硃卷，今藏浙江圖書館）

汪遠孫清尊集

錢塘項鴻祚原名廷紀蓮生，嘉慶戊午年五月二十二日生。（見汪遠孫編清尊集卷首，道光十九年汪氏振綺堂刻本）

孫元愷憶雲詞識

項生蓮生詞筆清麗，極悠揚綿邈之致，心竊慕焉。惜格調不高，多襲舊語，是入張、王之門而未逮升堂者。余舊藏此詞僅甲、乙兩稾，合成薄本，初不知更有丙、丁兩稿也。庚申春初偶于沈翁雨傳處檢得全卷，急以青蚨百五十枚購歸，展誦一過，殊愜心目，書以志幸。且過生。

項生天質極高，過目不忘，集中多襲玉田、竹山、碧山、草窗、夢窗詞句，畧爲增減，如自己出，足徵其靈心慧性。惜不永年，若能加以學力，當可與南宋人頡頏。造物忌才，令人徒唤奈何耳。同治甲子冬至後二日燈下，愷卿孫森識于海陵寓舍。

樊榭山房詞爲我朝第一，繼之者近惟江都丁葆盦先生，項生亦偶蹈襲樊榭佳句。余於此道用功幾十年，了無寸進，非天質限之與？容菴又記。（見孫氏舊藏武林鴻文齋姚氏刻本憶雲詞，今藏國家圖書館）

張應昌河傳

讀項蓮生秋雨詞，追和之

秋雨。淒苦。灑心頭。敲做零愁碎愁。夜濤暗添聲未休。颼飀。竹窗梧葉樓。羅帳那時紅燭影。幽夢醒。不覺清宵永。到而今。擁寒衾。沈沈。細聽更漏深。（見煙波漁唱卷三，同治二年刻本）

章黼齊天樂

夜宿紫陽别墅南宫舫，喜項蓮生來訪，出示憶雲生詞，并題此闋。予亦繼聲，兼懷令兄芝生，及許青士、玉年、滇生。

蕭然一幅南宫畫，池痕半移煙艇。就竹鈎簾，留雲伴榻，詞客來時宵静。吟邊試茗。想白石前生，玉簫重省。露葉黏螢，未秋涼意逗桐井。長安還憶舊伴，對牀曾話雨，鄉思孤迥。玉漏聲殘，瓊樓路遠，清夢憑誰催醒。西風弄影。待招入天香，小山仙境。緩度新歌，月明環

佩泠。（見章黼梅竹山房詞鈔，清鈔本）

張金鏞淒涼犯

錢唐項蓮生孝廉工詞，有甲乙丙丁稿四卷行世，其自製弁言曰：『不爲無益之事，何以遣有涯之生？』真古之傷心人語。余讀而悲之，輒題是解。余與孝廉生不相見，言愁欲愁，詞客有靈，定應識我。

乘虬已逐埃風渺，淒涼玉樹摧折。茝蘭恨斷，淚花空黦，碎珠瓊玦。塵凝暗篋。積多少、人天怨咽。甚傷心、愁迷夢魘，説與夜深月。　牢落悲身世，碧草秋彫，蟪蛄啼歇。清霜一鏡，又驚看、鬢絲堪鑷。粉墜香銷，更誰寫、哀吟弔屈。冷蕭蕭、拂卷似有，太古雪。（見綠趺山館詞録卷三，同治刻本）

吴振棫八聲甘州

得仲甫書，并寄李西齋、項蓮生二家詞，作此答寄。

勸加餐、休更憶吴羹，殷勤故人書。更瓊函雙贈，靈芬沁骨，如味雲腴。只惜清才侘傺，小劫付空虚。笙鶴瑶京遠，仙唱今無。　欲約煙波漁侣，便賃將青舫，尋向黄壚。歎年年浪跡，鷗夢撇西湖。抗緇塵、早銜袍笏，笑近來、吟思澀寒竽。無聊甚、草堂微雪，梅樹花初。煙波漁唱，仲甫所著詞名。（見無腔村笛卷下，同治刻本）

吴振棫國朝杭郡詩續輯

項鴻祚，原名繼章，字蓮生，錢唐人，賦棣子。道光壬辰舉人。蓮生沈嘿寡言，不喜酬應，坐有生客，則終日不出一言。喜填詞，尤工小令，每自度一闋，即付姬人歌之。其風流自賞如此。家不戒于火，乃奉母赴其姊壻許滇生京寓，中途母與姪遽没于舟。號擗旋里，幽憂之疾益深，而詞益工。既領鄉薦，再上春官，不第，歸即病，病遂不起。自訂憶雲樓詞甲稿、乙稿、丙稿，嘗語人曰：『予詞可與時賢角，詩不足存。』故不多作。今鈔得其感懷四律，淒咽之音，不堪卒讀。即此可概蓮生之詩，亦可概蓮生之遇矣。（見國朝杭郡詩續輯卷四十，光緒刻本）

黄燮清國朝詞綜續編

憶雲詞古豔哀怨，如不勝情，猿啼斷腸，鵑淚成血，不知其所以然也。懷才抑鬱，以一第終，悲哉，惜哉！（見國朝詞綜續編卷十三，同治刻本）

楊希閔詞軌

選茗柯、稺圭、蓮生三家詞爲一卷，附以戴、劉、郭三家。乾、嘉以後，詞學雜出，王蘭泉續詞綜，意在與竹垞代興，而識擇彌下，塗轍淆矣。一二鴻駿之士，侈事徵典，長調纍纍，略乏性真，徒掉書袋，鈍章笨句，礙人眼目，究厥弊原，要是爲竹垞所錮也。豪傑崛起，不爲詞宥者，有張皋文，宗尚得正；不偭前規者，則周稺圭；最後又得項蓮生，浮沉下僚，饒有握蘭風味。此吾所以獨有取於三家也。

項蓮生憶雲詞，仿夢窗以甲乙丙丁爲目，丙丁集概係擬古之作，與夢窗小異，詞筆雋永，揖衍波而侶飲水也。

憶雲詞，如『斜陽一樹待鴉歸，亂鶯聲裏過花朝』之類，真足追配古人。又自弁其集有云：『不爲無益之事，何以遣有涯之生。』此語絶痛，所謂傷心人别有懷抱也。（見詞軌，同治鈔本）

丁紹儀聽秋聲館詞話

馮柳東大令太常引云：『落花一院雨絲絲。無計挽春歸。縱使挽春歸。已誤了、鶯期燕期。紅闌十二，畫簾廿四，長定是相思。何苦苦相思。翻悔了、當時見時。』項蓮生鹺尹客中聞歌，亦倚前調云：『杏花開了燕飛忙。正是好春光。偏是好春光。這幾日、風淒雨涼。楊枝飄泊，桃花嬌小，獨自箇思量。剛待不思量。吹一片、簫聲過牆。』二詞同一機杼，然二人同時，必非相襲。鹺尹又有臨江仙云：『……瘦應如我瘦，愁莫向人愁。』較史梅溪『瘦應因此瘦，羞亦爲郎羞』句，思致尤婉。鹺尹名鴻祚，錢塘人，曾官閩中。楊臥雲中翰藏其憶雲詞，爲人假去，屢索無還，嗣經鍾仲山觀察覓以見示。（見聽秋聲館詞話卷四，同治八年刻本）

楊恩壽論詞絶句

雙聲寫韻入琴徽，惆悵中年事漸非。落葉聲中傳斷句，夕陽一樹待鴉歸。項蓮生。（見坦園詩録卷六，清代詩文集彙編本）

李佳左庵詞話

錢塘項蓮生廷紀，道光朝頗擅詞名。所著憶雲詞四卷，能入宋人之室。與戈順卿同時，聲律之學，饒有講解。但蒙不甚喜讀，猶嫌其不甚醒豁耳。（見左庵詞話卷上，詞話叢編本）

謝章鋌賭棋山莊詞話續編

憶雲詞四卷，錢塘項蓮生鴻祚撰。蓮生深於情，小令尤佳。其詞仿吴夢窗例，分爲甲、乙、丙、丁四稿。丁稿自温庭筠至馮延巳各體皆擬之，且皆工，可以觀其所得力矣。甲稿自序云：『憶雲生幼有愁癖，故其情豔而苦，其感於物也鬱而深。連峯巉巉，中夜猿嘯。復如清湘戛瑟，魚沈雁起，孤月微明。其窅敻幽淒，則山鬼晨吟，瓊妃暮泣，風鬟雨鬢，相對支離。不無累德之言，抑亦傷心之極致矣。』實能自道其詞境。文亦幽蒨似唐人小品。乙稿自序云：『近日江南諸子，競尚填詞，辨韻辨律，翕然同聲，幾使姜、張俯首。及觀其著述，往往不逮所言，而弁首之辭，以多爲貴，心竊病之。余性疏慢，不能過自刻繩，但取文從字順而止。削稿既竣，仍自識數語，雅不欲與諸子抗衡，又何敢邀名公嘗鑒耶？』此言尤爲痛切，足爲詞家砥柱，但不堪爲隨聲逐影者聞耳。蓮生詞之佳者録入國朝詞綜續編甚多，兹於所録外補采數篇……蓮生家燬於火，復不得志於春官，滿地江湖，依人作計，是亦竹垞所謂『空中恨、料白頭封侯無分』者也……竹垞有憎鼠、憎蠅詩，蓋比興之作也。然蠅尤可憎，拔劍而起，何訝昔人？予客太原，其地不用蠅拂，而用蠅帚，破竹數十絲，摇摇作聲，蠅輒遠颺。蓮生在都下，有鵲橋仙詠涼篷、冷布、響竹、冰桶詞，響竹即蠅帚也，然近日用之者少矣。（見賭棋山莊詞話續編三，光緒刻賭棋山莊全集本）

譚獻復堂日記

閲陳實庵鴛鴦宜福詞、吹月詞，婉約可歌，有竹山、碧山風味。杭州填詞，爲姜、張所縛，偶談五代、北宋，輒以空套末掇。百年來，屈指惟項蓮生有真氣耳。實庵雖未名家，要是好手。（乙丑）

閲項蓮生憶雲詞，篇旨清峻，託體甚高，一掃浙中喘膩破碎之習。蓮生仰窺北宋，而天賦殊近南唐。丁稾一卷，偏和五代詞，合者果無愧色。有明以來，詞家斷推湘真第一，飲水次之，其年、竹垞、樊榭、頻伽尚非上乘。近擬撰篋中詞，上自飲水，下至水雲，中間陳、朱、厲、郭、皋文、翰風、枚菴、稚圭、蓮生諸家，千金一冶，殊呻共吟，以表填詞正變，無取刻畫二窗，皮傅姜、張也。（丁卯）（見復堂日記，半厂叢書本）

譚獻復堂諭子書

吾於古人無所偏嗜，於今人之經學，嗜莊方耕、葆琛二家；文章嗜汪容甫、龔定菴二先生；駢儷尤習孔顨軒；詩歌嗜吴野人、黄春谷；填詞嗜成容若、項蓮生云。（見復堂諭子書，念劬廬叢刻本）

譚獻復堂詞自序

周美成云：『流潦妨車轂。』又曰：『衣潤費鑪煙。』辛幼安云：『不知筋力衰多少，衹覺新來懶上樓。』填詞者試於此消息之。不佞悦學卅年，稍習文筆，大慚小慚，細及倚聲。鄉人項生以爲『不爲無益之事，何以遣有涯之生』，其言危苦，然而知二五而未知十也。（見復堂詞，光緒刻本）

譚獻篋中詞評語

蓮生，古之傷心人也。盪氣回腸，一波三折，有白石之幽澀，而去其俗；有玉田之秀折，而無其率；有夢窗之深細，而化其滯。殆欲前無古人。其乙稾自序『近日江南諸子，競尚填詞，辨韻辨律，翕然同聲，幾使姜、張頫首。及觀其著述，往往不逮所言』云云，婉而可思。又丁稾序云：『不爲無益之事，何以遣有涯之生？』亦可以哀其志矣。以成容若之貴，項蓮生之富，而填詞皆幽豔哀斷，異曲同工，所謂別有懷抱者也。（今集四）

文字無大小，必有正變，必有家數。水雲樓詞固清商變徵之聲，而流别甚正，家數頗大，與成容若、項蓮生二百年中，分鼎三足……或曰：『何以與成、項并論？』應之曰：『阮亭、葆馚一流，爲才人之詞；宛鄰、止庵一派，爲學人之詞；惟三家是詞人之詞，與朱、厲同工異曲。其他則旁流羽翼而已。』（今集五）（見篋中詞，光緒八年刻本）

余一鰲亦云詞自序

憶予十七八時，偶作小詞，輒爲姨丈丹徒嚴子壽先生許可，謂予詞筆甚佳，勿自暴棄。庚申遭寇難，流離失所，嗣復奔走衣食，依人戎幕。抗塵趨俗，清靈汩没，二十年中，兹事遂廢……光緒丁丑，解館三衢，有人持贈詞潔三册，旅次多暇，輒復仿效。己卯營蝸廬於西溪。庚辰喪愛子，戚戚無聊，遂以填詞自遣。顧心疾日甚，不任思索，得句偶書，藉消永日而已，自辛巳迄壬辰，積凡若干。近見憶雲詞甲稿序云：『夫詞者，意内而言外也。意生言，言成聲，聲分調，亦猶春鶊秋蟀，氣至則鳴，不自知其然也。』其言先得我心矣。其丙稿序云『不爲無益之事，何以遣有涯之生』，亦若爲余先道者。嗟乎！予夢覺人也。以夢外人與夢中人同此塵世，嚼蠟咀蓼，至無味也。身非木石，心似之矣，桃源何在，安得置身？名詞『亦云』者，意取不足云而云，非謂人云亦云也。（見亦云詞，稿本）

潘衍桐兩浙輶軒續録

項鴻祚，原名繼章，字蓮生，賦棣子，錢塘人。道光壬辰舉人。吴振棫傳略：蓮生沈默寡言，喜填詞，尤工小令，每自度一闋，即付姬人歌之。其風流自賞如此。嘗自訂憶雲樓詞稿，語人曰：『予詞可與時賢角，詩不足存。』故不多作。今得其感懷四律，淒咽之音，不堪卒讀，即此可概其詩，亦可概其遇矣。（感懷四首略。見兩浙輶軒續録卷三十四，光緒十七年浙江書局刻本）

趙爾巽等清史稿

清世工詞者，往往以詩文兼擅，獨性德爲專長，仁和譚獻嘗謂爲詞人之詞。性德後，又得項鴻祚、蔣春霖三家鼎立。鴻祚字蓮生，錢塘人，道光十二年舉人。善詞，上溯温、韋，下逮周密、吴文英，擷精棄滓，以自名其家。屢應禮部試，不第。卒年三十八。自序憶雲詞，爲之序有曰『不爲無益之事，何以遣有涯之生』，學者誦而悲之。（見清史稿列傳二百七十一文苑一，民國十七年印本）

王鵬運等憶雲詞甲乙丙丁稾識語

光緒甲午秋，九成抄四印齋藏國朝詞別集之一。

蓮生與吴中七子同時，七子論詞，直欲上下古人，不獨蔑視一世。而蓮生不爲所敚，且有微詞焉，其識甚高。約計蓮生稱詞之時，正周稚圭中丞提刑兩浙，同時同調，特以仕商異路，絶無往還，其品尤高。此事固關襟抱，何往不然？（王鵬運）

蔣鹿潭詞余已鈔得，適吴中以新刻本見遺，視原鈔本多數紙，喜極。惜未見蓮生稿，幼遐言自有刻本，許以鈔本相贈。今日雪中詣幼遐譚半日，攜之以歸，愛不能釋。嘉、道後周稚圭與此兩集，可云鼎足。周集幼遐曾贈余刻本，當以三寶奉之。庚子二月，笏卿志。（左紹佐）

蓮生詞筆爲浙西後起，雄傑足殿全軍。清空婉約，能化竹垞之方重、樊榭之堆垛。故爲浙西之説者，驚爲神詣，擬之納蘭侍衛，推爲本朝大宗。其實蓮生心目仍囿浙西派中，長調擬玉田，小品言情，幽秀獨絶，時與北宋暗合，洵非頻伽、微波所能企及。若謂籠罩詞壇，領袖一代，則浙人之過譽也。予嘗謂嘉、道以來詞人，周稚圭似竹垞，蔣鹿潭似伽陵，而蓮生則近容若。較浙人之專標飲水、憶雲爲一代詞宗者，似爲平允。吾友夔笙舍人論詞，特擅高遠，乃亦以浙人之論爲然，何耶？殆爲譚大令先入之言所敓耳。它日見夔笙再商榷之，文章千古，不容稍假借也。光緒丙申三月廿六日，鶩翁識。（王鵬運）

補遺一卷，多前四集所已見者，其詩則不可不存，以備一家之作。（王鵬運）（見憶雲詞四卷、删存一卷，王鵬運四印齋鈔本）

繆荃孫冰紅集序

荃孫初晤譚仲修同年，出篋中詞相眎，盛推吾邑蔣鹿潭先生，謂國朝詞人可與成容若、項蓮生相伯仲。荃孫曰：『樓以「水雲」爲名，殆即私淑於飲水、憶雲乎？』仲修以爲知言。（見蔣玉棱冰紅集，稿本）

況周頤冰紅集敘

南皮張孝達尚書論古文派别，曰不立宗派、桐城派、陽湖派。詞家亦有不立宗派、浙西派、常州派、閩派、楚派。不立宗派尚矣，閩、楚兩派最後出，孳乳未廣，大致閩派疏豪而乖尺度，楚派尖麗而溺閨襜，按之其中無物，殊失『言外意内』之恉。浙西派最先出，竹垞濫觴，樊榭嗣響，訖郭頻迦、姚梅伯而敝，其獨出者曰項蓮生。常州派稍後出，以茗柯爲宗主，得止庵而大昌，閲一再傳，斠苦畫一，其獨出者爲蔣鹿潭。若項若蔣，殆所謂不立宗派非耶？鹿潭先生服膺飲水成容若詞名、憶雲項蓮生詞名，以『水雲樓』名詞……（見蔣玉棱冰紅集，稿本）

況周頤蕙風詞話續編

維揚本鶯花藪澤。自昔新城司李，狎主詞盟，紅橋、冶春，香豔如昨。浮湛宦轍，代有名流，如項蓮生、蔣鹿潭，並倚聲專家，希蹤北宋。（見蕙風詞話續編卷二，詞話叢編本）

況周頤纗蘭堂室詞話

錢塘項蓮生鴻祚元名廷紀憶雲詞，『冬夜聞南鄰笙歌達曙』玉漏遲句云：『嫌漏短。漏長卻在，者邊庭院。』余十六七歲時，極喜誦之，越十年，便能知此等句絶無佳處，而詞境稍稍進矣。（見纗蘭堂室詞話，中社雜誌一九二六年第二期）

譚宗浚希古堂集

文苑似是而非者甚多，曰應試詩賦家……曰詞曲家。近時如錢芳標湘瑟詞、李符耒邊詞、成德飲水詞、承齡冰蠶詞、周之琦金梁夢月詞、項鴻祚憶雲詞，在倚聲家皆推上乘。（見希古堂集卷一，光緒刻本）

諸可寶東軒吟社畫像附傳

項鴻祚，原名廷紀，號蓮生，錢塘人。道光壬辰舉人。喜填詞，尤工小令，每自度一闋，必付姬人歌之，其風流自賞如此。嘗語人曰：『余詞可與時賢角，詩不足存。』家不戒於火，奉母北行，中途又遘水厄，母與從子俱没。號躃歸，幽憂之疾益深矣。既舉省試，再上春官，不第，歸，旋病卒。嘗自訂所作爲憶雲詞甲乙丙丁稿四卷，自敘曰：『不爲無益之事，何以遣有涯之生。』真古之傷心人語也。（見東軒吟社畫像，光緒刻本）

吴慶坻蕉廊脞録

項蓮生孝廉鴻祚，善填詞，有憶雲詞甲乙丙丁稿四卷行於世。許邁孫丈重刊，譚復堂撰傳，謂其詩不多作。今崔磐石方伯得其小墨林詩鈔、小墨林襍著手稿凡四册。詩曰焦尾琴，以其家不戒於火，詩稿盡焜，追憶得之者，；曰枯蘭集，則以喪其姬人，多幽憶怨斷之音。襍著爲駢散文及箴銘之屬。卷端有許文恪、勞季言小印。刼火所遺，惜無好事爲之刊行也。（見蕉廊脞録卷五，求恕齋叢書本）

徐世昌晚晴簃詩匯

項鴻祚，字蓮生，錢塘人，道光壬辰舉人。詩話：蓮生工倚聲，手定憶雲樓甲乙丙丁稾，清空婉約，足與靈芬館詞相伯仲。詩不多作，嘗曰：『予詞足與時賢角，詩不足存。』今附刻詞稾後，清音雅思，殊不在松壺題畫詩下。（詩略。見晚晴簃詩匯卷一百三十七，民國十八年退耕堂刻本）

朱祖謀望江南雜題我朝諸名家詞集後

無益事，能遣有涯生。自是傷心成結習，不辭累德爲閑情。兹意了生平。項蓮生。（見彊邨語業卷三，彊村遺書本）

張德瀛詞徵

項蓮生廷紀詞，如元章冠服，酷肖唐賢。錢塘人，有憶雲詞甲乙丙丁稿。（見詞徵卷六，詞話叢編本）

李綺青燭影摇紅題項蓮生憶雲詞後

自撥琵琶，酒邊一片傷心語。紫霞凄調半飄零，愁見蘋洲譜。側帽孤吟最苦。問聽殘、秋聲幾度。湖陰落月，似識當年，翦燈情緒。　玉笥雲埋，冷鵑怨血春還聚。世間無地著閒愁，祇向哀絃訴。畫壁憑誰唱與。滿江南、猶傳恨句。夜闌眠醒，静聽疎鐘，有人啼雨。（見草間詞，民國七年鉛印本）

楊鍾羲雪橋詩話餘集

東軒吟社嘗以命題，費曉樓爲汪小米作東軒吟社圖，圖中凡廿七人：杭州汪劍秋鉽，秀水莊芝階仲芳，杭州黄鄰泉士珣、項蓮生鴻祚……（見雪橋詩話餘集卷六，民國求恕齋叢書本）

徐珂近詞叢話

後七家者，張惠言、周濟、龔自珍、項鴻祚、許宗衡、蔣春霖、蔣敦復也……七家中，蓮生、海秋、鹿潭之作，大都幽豔哀斷，而鹿潭尤婉約深至，流別甚正，家數頗大，人推爲倚聲家老杜。（見近詞叢話，詞話叢編本）

徐珂清代詞學概論

項蓮生篇旨清峻，託體甚高，一洗浙中啴膩破碎之習，蓋仰窺北宋，而天賦殊近南唐也。（見清代詞學概論第二章派别，徐珂以蓮生爲浙派之殿軍。上海大東書局一九二六年版）

張爾田詞莂序

其年、竹垞、梁汾、容若，皆以淵奥之才，闢徑孤行。西河、珂雪，幺絃自操，如律之應，敻思頑藻，此其獨也。其後樊榭起於浙，皋文倡於常，抑流競之靡，而軌諸六義。雖挈缾庸受，逐宕失返，若夫越世扶衰，有足孅焉。稚圭、蓮生，因物騁辭，力追雅始，就其獨至，亦稱迥秀。（見朱祖謀編、張爾田補録詞莂，彊村遺書本）

王國維人間詞話

譚復堂篋中詞選謂蔣鹿潭水雲樓詞『與成容若、項蓮生，二百年間，分鼎三足』。然水雲樓詞小令頗有境界，長調唯存氣格，憶雲詞精實有餘，超逸不足，皆不足與容若比。然視皋文、止庵輩，則倜乎遠矣。（見人間詞話（删稿），詞話叢編本）

曾緘霜草宧詞序

往與敬予同客李將軍幕中，不時唱和。其後宧游異轍，聚散靡常。今歲承乏方亭，君以書來，將刊其所著霜草宧詞。以余知之審，不能無言……君以貴公子歷參大幕，風流俶儻，有杜牧之風，天賦多才，遂擅此體。覽其所爲小令，略如飲水、側帽，長慢亦在項蓮生、蔣鹿潭諸人間，誠當家之作也……（見芮善霜草宧詞，民國二十三年鉛印本）

郭則澐清詞玉屑

項蓮生，爲許文恪妻弟，性倜儻不羈。文恪視學江西，偶從之。一日，游百花洲，意有所感，輕舟徑返，亦振奇人也。然寒儒偃蹇，於榮辱終不能忘情。里居時，秋夕乘月過虎跑，憩小池上，見寺門未闔，信步入。近客堂，有皁衣高冠者，呵禁甚厲。問老僧，乃知諸長吏讌兩試官於此。感賦滿江紅詞，有『身賤自遭奴隸辱，心閑好與溪山友』之句，讀者爲之慨然。因思清游掃興，事所恒有。往時京僚文讌，恒於城南諸寺，而南窪江水部亭，風景較勝，朋飲幾無虚日。

陳寶盦元鼎嘗偕陸眉生爲江亭之游，適有讌客者，寺僧拒之，悵然遂返，賦齊天樂云：『清游要與紅塵遠……』二事頗相類。而蓮生適在失意時，尤難堪耳。觀其擬飛卿菩薩蠻詞云：『夕陽山映宫黄額……』其哀樂正有過人者。遺集爲許邁孫榆園所刻。（見清詞玉屑卷五，民國二十五年自刊本）

民國歙縣志

項鴻祚，原名繼章，更名廷紀，字蓮生，桂溪人，寄籍錢塘。道光十二年舉人。世業鹽筴，至鴻祚漸落。性湛然嗜古，嘗避喧南山，讀書僧院，就泉看山，無復塵念。姊聓許文恪公視學江西，鴻祚偶從之。一日，游百華洲，意有所感，輕舟逕歸，不以告也。鴻祚沉默寡言，喜填詞，尤工小令，能自度曲，嘗自訂憶雲樓詞稿，語人曰：『吾詞可與時賢角，詩不足存。』家不戒于火，奉母往京師依文恪，又遘水厄，母與從子俱没。號躃歸，幽憂之疾益深。春官不第，旋病卒，年三十八。子益壽，字少蓮，官建德訓導。辛酉太平軍入杭，殉難於章家橋。（見民國歙縣志卷十人物志士林，民國二十六年鉛印本）

吴梅題憶雲詞

己巳四月，霜厓讀過，率題一絶，時客海上

不爲無益事，獨抱有情癡。一語復堂俊，江淹雜體詩。（見吴梅舊藏思賢書局本憶雲詞，今藏國家圖書館）

吴梅詞學通論

蓮生詞甲乙丙丁藁，意學夢窗。集中擬體至多，其才力固高人一等，持律亦細，惟其措辭終傷滑易。余始喜讀之，與郭頻伽等，繼知頻伽不可學，遂屏不復觀，獨愛憶雲矣。又見同時詞家推崇甚至……初不知一入其彀，必至儇薄也。蓋蓮生天資聰俊，故出語能沁人心脾，且律度諧和，澀體諸詞，一經鑪錘，無不諧妥。於是論頻伽則嚴，論憶雲則寬。實則詞律之細，固郭不如項，而詞品之差，則相去無幾也。集中如河傳云：『梧桐葉兒風打窗。』南浦詠柳云：『且去西泠橋畔等。』卜算子云：『也似相思也似愁。』減蘭云：『只有垂楊，不放秋千影過牆。』百字令云：『歸期自問，也應芍藥開矣。』諸如此類，皆徒作聰明語，與南北曲幾不能辨。其丁稿自序云：『不爲無益之事，何以遣有涯之生？』亦可哀其志矣。以成容若之貴，項蓮生之富，而詞皆悲黯哀怨，所謂傷心人別有懷抱也。

復堂論水雲曰：『文字無大小，必有正變，必有家數。水雲詞固清商變徵之聲，而流別甚正，家數頗大，與成容若、項蓮生，二百年中，分鼎三足。咸豐兵事，天挺此才，爲倚聲家老杜，而晚唐、兩宋一唱三嘆之意則已微矣。』篋中詞五。余謂復堂以鹿潭得流別之正，此言極是。惟以成、項二君並論，則鄙意殊不謂然。成、項皆以聰明勝人，烏能與水雲比儗？且復堂既以杜老比水雲，試問成、項可當青蓮、東川歟？此蓋偏宕之論也。（見詞學通論，國學小叢書本，商務印書館一九三二年版）

顧憲融填詞百法項蓮生詞研究法

項蓮生名鴻祚，又名廷紀，錢塘人，道光十二年舉人。家世業鹽筴，至君漸落。性湛然耆古，文辭爾雅。詩不多作，善填詞，幽異窈眇，浸淫五代、兩宋，而擷精棄滓。好儗温、韋以下小樂府，浸逮夢窗、草窗，蹊逕既化，自名其家，談者比之江淹雜體詩云。手訂詞藁，矜慎多芟削，最後存憶雲詞甲乙丙丁藁四卷行於世。先是家被火，室燬，奉母應其姊聟許文恪之招於京師，途次遇水，與從子皆道殞。君蒼黄歸，幽憂疾病不自振。既再上春官被放，轗軻久，遂卒。年祇三十八歲。憶雲詞甲稿自序云……（見填詞百法，上海中原書局一九三一年版）

黄侃浣溪沙題憶雲詞

宛轉柔情絶妙詞。華年銷盡鬢如絲。淒涼惟有自家知。欲遣勞生須有託，一爲秋士便宜悲。憐君蕭瑟不同時。（見黄季剛詩文鈔詞鈔，湖北人民出版社一九八五年版）

陳寅恪感賦二律

十年以來，繼續草錢柳因緣詩釋證，至癸卯冬粗告完畢。偶憶項蓮生鴻祚云『不爲無益之事，何以遣有涯之生』，傷哉此語，實爲寅恪言之也。感賦二律。（詩略。見陳寅恪集詩集，生活·讀書·新知三聯書店二〇〇一年版）

朱大可飲水詞憶雲詞合鈔跋

右納蘭容若飲水詞、項蓮生憶雲詞各一卷，余從仁和許邁孫校本録出。往者，邁孫鄉人譚仲脩論次詞家，獨許容若、蓮生及江陰蔣鹿潭三君爲詞人之詞。予觀鹿潭水雲樓詞沉鬱豪放，猶與蘇、辛爲近。至於笙寒雞塞之聲，簫咽鳳臺之吹，此其嗣響，端在二君。若夫春梢秋尾，露晚星初。結綺樓前，花開花落；鬱金堂畔，燕去燕來。鵑啼何若，望帝子而不歸；蝶夢亦癡，化仙人兮何處。採緑華之盈掬，擷紅豆者三升。於以擘烏絲，屑翠墨，按紅牙，裁白紵。摘粉搓酥，干卿底事；淺斟低唱，忍俊不禁。人言愁我始欲愁，生有盡而恨無盡。一彈再唱，饒有餘音已。抑余聞之，容若故大臣子，以進士入侍中禁，蓮生家世業鹽筴，並世之所謂富貴者也。而其詞哀怨騷屑，一若蕉萃之士所爲。以是知詞之工不工，不繫乎人之窮不窮；而言之傳不傳，必待乎業之專不專也已。手録既竣，跋之云爾。（見新聲，一九二一年第二期）

盧前望江南飲虹簃論清詞百家

有涯生，無益事偏爲。浙水中興憑一手，傷心隨意入新詞。摸擬得神資。項廷紀。（見清名家詞第十卷，上海書店一九八二年版）

嚴既澄題憶雲詞

嚼雪裁花豔欲仙，蠶絲鵑血兩天然。詞壇便有花間霸，不向低頭但比肩。

其二

生涯甘幻綺羅叢，贏得家家貯小紅。合與定庵詩抗席，有才如此信天工。定庵七絶、憶雲小詞，皆幼年所心愛。（見初日樓詩駐夢詞合刊，北平人文書店一九三二年版）

嚴既澄駐夢詞跋

昔人有言：『韓退之以文爲詩，蘇子瞻以詩爲詞，雖極天下之工，要非本色。』余亦向持此論，以爲一切文體，胥各自有其特徵，豈可比而齊之，亂其畛域？詞之氣骨，略遜於詩，至其纏綿幽咽，疏狀入微，若姚姬傳所謂得陰柔之美者。求諸古近體詩中，惟七言絶句庶幾得其一二。斯吾所謂詞之特質，論詞者所當依爲圭臬者也。勝清三百年間，詞人輩出，可謂洋洋乎大觀矣。然試執此以繩，納蘭才高，時或失之縱恣；竹垞則華妝盛飾，真美反掩而不彰；其能掇周、柳之流風，嗣南唐之逸響者，惟項憶雲庶乎近之。（見初日樓詩駐夢詞合刊，北平人文書店一九三二年版）

柳亞子題項蓮生憶雲詞

蓮生，陶頓世家，金張門第，所謂翩翩濁世佳公子也。顧窮愁憔悴，有逾寒酸。言爲心聲，膏以明煎。豈愁人善愁，當自天性，非富貴所能淫耶。觀其詞稿自序，一則曰：『不無累德之言，抑亦傷心之極致。』再則曰：『不爲無益之事，何以遣此有生之涯？』此與黄仲則『茫茫來世愁如海，寄語羲和早著鞭』何異！宜其行年不四十而遽夭也。詞學温、韋，出入南唐、北宋間。

譚復堂稱『有清一代，詞人之詞，當以憶雲爲中堅，與飲水、水雲三家鼎峙』，可謂知言矣。（見柳亞子文集補編，社會科學文獻出版社二〇〇四年版）

宣雨蒼詞讕

嘗有人評有清詞家，謂如竹垞、迦陵爲才人之詞，衍波諸家爲詩人之詞，惟飲水、憶雲、水雲樓三家，乃真詞人之詞。其論尚屬允當。然飲水小令，可稱神化，而慢曲嘽緩不協，什之七八。其令可傳，其慢不可傳也。憶雲工整，稍近夢窗，亦似肉多於骨。予所瓣香無閒言者，水雲樓而已。（見詞讕，詞話叢編續編本）

顧隨題項蓮生憶雲詞扉頁

三春才過，初夏已來，鎮日飛沙飛絮，心緒云胡能佳？黄昏後與品如步行至東門書肆，購此册。歸而讀之，相與歡呼讚美，不覺酸態之畢露也。（見顧隨全集卷二：小説・散文・日記・譯作，河北教育出版社二〇一四年版）

續修四庫全書總目提要稿本集部

憶雲詞四卷，思賢書局刊本。清項鴻祚撰。鴻祚字蓮生，原名繼章，又名廷紀，錢唐人。道光十二年舉於鄉，十五年卒。詞分甲乙丙丁稿四卷，從夢窗集例也，每稿竝有自序。此本坿有憶雲詞補遺，蓋鴻祚所删棄者也。甲稿道光癸未以前所作，乙稿自甲申至戊子所作，丙稿自己丑至癸巳所作，丁稿甲午、乙未所作。鴻祚即卒于乙未，故其四稿皆生前所自訂也。鴻祚才力甚高，持律亦細，性靈所及，沁人心脾，僻澀諸調，融化無迹，故愛之者不絶。惟逞其聰明，時傷滑易，學之者往往入其彀中而不自知也。仁和譚獻曰：『鴻祚詞幽異窈眇，浸淫五代兩宋，而擷精去滓。好儗温、韋以下小樂府，津逮草窗、夢窗，蹊徑既化，自名其家。談者比之江淹雜體詩云。』又曰：『有白石之幽澀，而去其俗；有玉田之秀折，而無其率；有夢窗之深細，而化其滯。殆欲前無古人。』皆唐大之言也。然鴻祚壽僅三十八歲，造詣如此，可謂良材。其家殷富，後漸衰落，變故疊起，下第無聊。甲稿序云：『不無累德之言，抑亦傷心之極致。』丙稿序云：『不爲無益之事，何以遣有涯之生？』詞語沈痛，可以哀其志矣。（見續修四庫全書總目提要（稿本）集部，齊魯書社一九九六年版）

王煜憶雲詞鈔敘

項鴻祚，字蓮生，原名繼章，仁和人。道光十二年領鄉薦。富於財，每自度一闋，即付姬人歌之。後罹回禄，舉家北行，復厄水災，母、姪俱喪。號蹡旋里，幽憂以終。有憶雲詞甲乙丙丁稿四卷，哀豔幽婉，競武納蘭。品諸宋詞，殆在小晏、梅溪之間者也。（見王煜編清十一家詞鈔，正中書局一九三六年版）

王欣夫二項先生詩敘録

清錢塘項廷綬、廷紀同撰，手稿本。廷綬字芝生，爲蓮生兄，亦工詩。蓮生所作憶雲詞，爲清代一巨手，譚復堂、朱彊邨極稱之。許邁孫榆園刊本並輯其詩附後。潘衍桐兩浙輶軒續録謂其感懷四律『淒咽之音，不堪卒讀』，即此可概其詩，亦可概其遇者也。惟蓮生嘗語人曰：『吾詞可與時賢角，詩不足存。』故所得寥寥，蓋當時所傳已罕 。一九四五年冬偶得此册，載芝生古近體五首，蓮生古近體七首，皆道光甲午年作。書於仿古箋以贈白英者。蓮生詩亦復清麗，得湖山之氣，雖爲緒餘，皆邁孫所未見。詩以人存，録之以俟他日重刻憶雲詞者之補遺。廷紀爲蓮生初名，改鴻祚字子彦。道光壬辰舉人。有『錢塘項氏珍藏』朱文方印。（蛾術軒篋存善本書録甲辰稿卷四，王欣夫撰，鮑正鵠、徐鵬標點整理，上海古籍出版社二〇〇二年版。案著録後所附『詠柳花』等七首詩，皆見於小墨林詩鈔。王欣夫先生所見詩箋，今藏復旦大學圖書館）

張伯駒叢碧詞話

蔣鹿潭、項蓮生，爲有清詞人之詞，然以家數論，余以爲蔣爲大。（見春游紀夢（等六種），遼寧教育出版社一九九八年版）

朱庸齋分春館詞話

浙西派至樊榭始爲健全，其詞幽深雋拔，有時或過於竹垞。竹垞頗蕪雜，愛用典實，静志居之作，又近纖絶，詠物一集多欠空靈。憶雲多俊秀語、真摯語。第一、二卷有一己性情。第三卷轉學玉田爲多，但失於未能渾厚耳。卷四悉爲擬唐、五代之作，則無甚可取。

納蘭性德、項鴻祚、蔣春霖三人之詞，方可算詞人之詞。項氏才華太露，情勝於學，故爲詞有時不免破碎，然佳處固非浙西、常州諸人所及，以其有性情故也。嘉、道年間，國家未亂，蓮生長於富家，卻『生幼有愁癖，故其情豔而苦』。如其三犯渡江雲詞云：『斷潮流月去……歸便早，今年總負鱸魚。』語淡而情苦，其疏宕、轉折處頗似玉田，而秀遠或過之。過片後詞意不斷，亦謹守玉田家法。收二句概括，餘味無窮。一『總』字，筆力尤重。小令浣溪沙云：『風蹴飛花上繡茵……不思前事亦傷神。』純用白描，刻畫形象，辭婉而情傷，亦極寫其沉鬱無奈之態矣。

項蓮生亦爲一代名手，微嫌失之纖弱，氣格萎靡。小令有情致，但多爲聰慧語。長調少潛氣內轉，且未免率。青年人易喜之。學之，往往只得其欠佳處，而失卻其佳處。項命短，其歷史遭遇無可考，即交游亦不顯著，無從知其詞內容。余看其所描寫之情懷，斷非獨因世爲鹽商，家道中落，失意科場，復遭火水二災者。其詞無涉及此等事，似另有一段淒婉動人之遭遇，惜無可考矣。項應爲清代名家中之卓越者。惟譚獻謂其兼有南宋四家之長，而無四家之短，又與飲水、水雲鼎足並稱爲清代詞人之詞。如此過譽，對之遂不能不苛求。（見分春館詞話卷三，廣東人民出版社一九八九年版）